Fábulas de Esopo

Fábulas de Esopo

Traducción: Juan y José Bérgua

Clásicos Losada
Primera edición: enero de 2005
© Editorial Losada
Moreno 3362 - 1209 Buenos Aires, Argentina
Viriato, 20 - 28010 Madrid, España
T +34 914 45 71 65
F +34 914 47 05 73
www.editoriallosada.com
Distribuido por Editorial Losada, S. L.
Calleja de los Huevos, 1, 2º izda. - 33003 Oviedo
Impreso en la Argentina
Traducción: Juan y José Bérgua
Tapa: Peter Tjebbes
Maquetación: Taller del Sur
Queda hecho el depósito que marca la ley 11.723
Libro de edición argentina
Tirada: 3.000 ejemplares

Esopo
Fábulas. -1ª ed. - Buenos Aires: Losada, 2005.
208 p.; 18 x 12 cm. - (Biblioteca Clásica y
Contemporánea. Clásicos Losada, 665)

ISBN 950-03-0594-1
Traducido por: Juan y José Bérgua

1. Narrativa Griega-Fábulas I. Bérgua, Juan y José, trad.
II. Título.
CDD 883

Índice

Noticia sobre Esopo	17
FÁBULAS	
Los bienes y los males	21
El mercader de estatuitas	21
El águila y la raposa	22
El águila y el escarabajo	23
El águila, el pastor y la corneja	24
El águila alicorta y la zorra	24
El águila herida por una flecha	25
El ruiseñor y el gavilán	25
El ruiseñor y la golondrina	26
El deudor de Atenas	26
El negro	27
El gallo y la comadreja	27
El gato y los ratones	28
La comadreja y las gallinas	29
La cabra y el cabrero	29
La cabra y el asno	29
El cabrero y las cabras monteses	30
La esclava fea y Afrodita	31
El águila y los dos gallos	31
La perdiz y los gallos	32
Los pescadores y el atún	32
Los pescadores que pescaron piedras	33
El pescador flautista	33
El pescador y los peces grandes y pequeños	34
El pescador y el pececillo	34
Pescador en río revuelto	35
El alción	35

Las raposas a orillas del Meandro	36
La zorra que llenó su vientre	36
La zorra y el espino	37
La zorra y las uvas	37
La zorra y la serpiente	38
La zorra y el leñador	38
La zorra y el cocodrilo	39
La zorra y el perro	39
La zorra y la pantera	39
La zorra y el mono rey	40
El mono y la zorra disputando sobre su nobleza	40
La zorra y el chivo	41
La zorra rabicorta	42
La zorra que nunca vió un león	42
La zorra y la careta	43
Dos hombres disputando acerca de sus dioses	43
El criminal	43
Prometer lo imposible	44
El cobarde y los cuervos	44
El hombre y la hormiga	45
La mujer intratable	45
El pícaro	46
El fanfarrón	46
El canoso y sus amantes	47
El náufrago	47
El ciego	48
El embustero	48
El carbonero y el batanero	49
Los hombres y Zeus	49
El hombre y la raposa	50
El hombre y el león viajeros	51
El hombre y el sátiro	51
El hombre y la estatua	52
El hombre y el león de oro	52
El oso y la zorra	53
El labrador y el lobo	53
El astrónomo	53

Las ranas pidiendo rey	54
Las ranas vecinas	55
Las ranas y el pantano desecado	55
La rana galeno y la zorra	55
El eje y los bueyes	56
Tres bueyes y un león	56
Hércules y el boyero	57
Bóreas y el sol	57
El león y el boyero	58
El murciélago y el jilguero	58
La gata y Afrodita	59
La comadreja y la lima	59
El anciano y la muerte	60
El labrador y el águila	60
El labrador y los perros	60
El labrador y la serpiente	61
El labrador y la víbora	62
El labrador y sus hijos	62
El labrador y la Fortuna	62
El labrador y el árbol	63
Los hijos del labrador desavenidos	64
La vieja y el médico	64
La mujer y el marido borracho	65
La viuda y las criadas	66
La mujer y la gallina	66
La bruja	66
El buey y la becerra	67
El cazador miedoso y el leñador	67
El cerdo y los carneros	68
Los delfines, la ballena y la caballa	68
El orador Demades	69
Diógenes y el calvo	69
Diógenes, de viaje	70
Zeus y los robles	70
Los leñadores y el pino	71
El abeto y el espino	71
El ciervo, el manantial y el león	71
La cierva y la viña	72
La cierva y el león en una gruta	73

La cierva tuerta	73
El cabrito y el lobo	74
El cabrito y el lobo flautista	74
Hermes y el escultor	75
Hermes y la tierra	75
Hermes y Tiresias	76
Hermes y los artesanos	76
La carreta de Hermes y los árabes	77
El eunuco y el sacerdote	77
Los dos enemigos	78
La víbora y la zorra	78
La víbora y la lima	78
La víbora y la culebra de agua	79
Zeus y el pudor	80
Zeus y la zorra	80
Zeus y los hombres	81
Zeus y Apolo	81
Zeus y la serpiente	81
Zeus y el tonel de los bienes	82
Zeus, Prometeo, Atenea y Momo	82
Zeus y la tortuga	83
Zeus, juez	83
El sol y las ranas	84
La mula	84
Hércules y Atenea	84
Hércules y Plutón	85
El semidiós	86
El atún y el delfín	86
El médico ignorante	86
El médico y el enfermo	87
El milano y la culebra	88
El milano que quiso relinchar	88
El cazador de pájaros y el áspid	89
El caballo viejo	89
El caballo, el buey, el perro y el hombre	90
El caballo y el palafrenero	91
El caballo y el asno	91
El caballo y el soldado	92
La caña y el olivo	92

El camello que estercoló en el río	93
El camello, el elefante y el mono	93
Zeus y el camello	93
El camello bailarín	94
El camello visto por primera vez	94
Los dos escarabajos	95
El cangrejo y la zorra	95
La langosta y su madre	96
El nogal	96
El castor	96
El jardinero y las hortalizas	97
El jardinero y el perro	97
El tocador de cítara	98
El tordo	98
Los ladrones y el gallo	98
El estómago y los pies	99
La corneja y la zorra	99
La corneja y los cuervos	100
La corneja y las aves	100
La corneja y los pichones	101
La corneja fugitiva	102
El cuervo y la zorra	102
Hermes y el cuervo	103
El cuervo y la culebra	103
El cuervo enfermo	103
La alondra moñuda	104
La corneja y el cuervo	104
La corneja y el perro	105
Los caracoles	105
El cisne tomado por ganso	105
El cisne y su dueño	106
Los dos perros	106
Los perros hambrientos	107
El hombre mordido por un perro	107
El cocinero y el perro	108
El perro de presa y sus compañeros	108
El perro, el gallo y la zorra	109
El perro y la almeja	110
El perro y la liebre	110

El perro y el carnicero	110
El perro dormido y el lobo	111
El perro y la sombra	111
El perro con campanilla	112
El perro persiguiendo al león	112
El león y el mosquito	112
El toro y el mosquito	113
Las liebres y las raposas	113
Las liebres y las ranas	114
La liebre y la zorra	114
La gaviota y el milano	115
La leona y la zorra	115
El león rey	116
El león viejo y la zorra	116
El león apresado y el labrador	117
El león enamorado y el labrador	117
El león, la zorra y el ciervo	118
El león, el oso y la zorra	121
El león y la rana	121
El león y el delfín	121
El león y el jabalí	122
El león y la liebre	123
El león, el lobo y la zorra	123
El león y el ratón agradecido	124
El león y el onagre	125
El asno y el león cazando en compañía	125
El león, el asno y la zorra	126
El león, Prometeo y el elefante	126
El león y el toro	127
El león furioso y el ciervo	128
El león, el ratón y la zorra	128
El bandido y la morera	129
Los lobos y los perros en guerra	129
Los perros reconciliados con los lobos	130
Los lobos y los carneros	131
Los lobos, los carneros y el carnero padre	131
El lobo orgulloso de su sombra y el león	132
El lobo y la cabra	132
El lobo y el cordero	133

El lobo y el corderillo	133
El lobo y la vieja	134
El lobo y la grulla	134
El lobo y el caballo	135
El lobo y el perro	135
El lobo y el león	136
El lobo y el asno	136
El lobo y el pastor	137
El lobo harto y la oveja	137
El lobo herido y la oveja	138
La lámpara	138
El adivino	139
Las abejas y Zeus	139
El apicultor	140
Los sacerdotes de Cibeles	140
Los ratones y las comadrejas	141
La mosca	141
Las moscas	141
La hormiga	142
El escarabajo y la hormiga	142
La paloma y la hormiga	143
El ratón campestre y el cortesano	144
El ratón y la rana	145
El náufrago y el mar	145
Los dos muchachos y el carnicero	146
El ciervo y el cervatillo	146
El hijo pródigo y la golondrina	147
El enfermo y el médico	147
El murciélago, el espino y la gaviota	148
Los murciélagos y las comadrejas	149
Los árboles y el olivo	149
El leñador y Hermes	150
Los viandantes y el oso	151
Los viandantes y el cuervo	151
Los viandantes y el hacha	152
Los viandantes y el plátano	152
Los viandantes y las zarzas	153
El caminante y la Verdad	153
El caminante y Hermes	154

El caminante y la Fortuna	154
Los asnos reclamando a Zeus	155
El hombre comprador de un asno	155
El asno silvestre y el doméstico	156
El asno que llevaba sal	156
El asno y la estatua del dios	157
El asno con la piel del león	157
El asno envidioso del caballo	158
El asno, el gallo y el león	158
El asno, la zorra y el león	159
El asno y las ranas	159
El asno y el mulo con la misma carga	160
El asno y el jardinero	160
El asno, el cuervo y el lobo	161
El asno y el perrito	162
El asno y el perro, compañeros de viaje	162
El asno y el arriero	163
El asno y las cigarras	163
El asno disfrazado de león	163
El asno, los cardos y la zorra	164
El asno fingiéndose cojo y lobo	164
El cazador, los pichones silvestres y los domésticos	165
El cazador y la alondra	165
El cazador y la cigüeña	166
El cazador y la perdiz	166
La gallina y la golondrina	167
La gallina de los huevos de oro	167
La cola y el cuerpo de la serpiente	168
La serpiente, la comadreja y los ratones	168
La serpiente y el cangrejo	169
La serpiente pisoteada	169
El niño que comió las entrañas	170
El niño y el escorpión	170
El niño y el cuervo	171
El hijo y el león pintado	171
El niño ladrón y su madre	172
Un niño bañándose	173
El depositario y el juramento	173

El padre y las hijas	174
El hombre y la perdiz	175
La paloma sedienta	175
La paloma y la corneja	176
Las dos bolsas	176
El mono y los pescadores	176
El delfín y el mono	177
El mono y el camello	178
Los hijos de la mona	178
Los nautas	178
El rico y el curtidor	179
El rico y las plañideras	179
El pastor y el mar	180
El pastor y el perro	181
El pastor y los lobeznos	181
El lobo criado entre los perros	182
El pastor y el lobezno	182
El pastor y sus carneros	182
El pastor, el lobo y el perro	183
El pastor bromista	183
El dios de la guerra y la Violencia	184
El río y la piel	184
La oveja trasquilada	185
Prometeo y los hombres	185
La rosa y el amaranto	185
El granado, el manzano, el olivo y el espino	186
La trompeta	186
El topo y su madre	186
El jabalí y la zorra	187
El jabalí, el caballo y el cazador	187
La marrana y la perra	188
Las avispas, las perdices y el labrador	189
La avispa y la serpiente	189
El toro y las cabras monteses	189
El pavo real y la grulla	189
El pavo real y la corneja	190
La cigarra y la zorra	190
La cigarra y las hormigas	191
La pared y el clavo	192

El arquero y el león	192
El chivo y la viña	192
Las hienas	193
La hiena y la zorra	193
La marrana y la perra sobre su fecundidad	194
El caballero calvo	194
El avaro	194
El herrero y su perro	195
El invierno y la primavera	196
La golondrina y la serpiente	196
La golondrina y la corneja	197
La golondrina y los pájaros	197
La golondrina presumida y la corneja	198
El águila y la tortuga	199
La liebre y la tortuga	199
Los gansos y las grullas	199
Las jarras	200
El loro y la gata	200
El atleta y la pulga	201
La pulga y el hombre	201
La pulga y el buey	202

Noticia sobre Esopo

La existencia de Esopo, admitida por un testimonio tan acreditado como el de Heródoto, ha adquirido ciertos caracteres legendarios, como el de su resurrección y el de su reencarnación en Pataikos. También la trágica muerte que se le atribuye está envuelta en la leyenda. Si nos atenemos a los datos biográficos, podemos decir que el padre de la fábula nació en Frigia a mediados del siglo VI antes de J. C., que fue esclavo de Janos o Iadmón y luego su liberto, que viajó por Oriente, Egipto y Asia, vigilando los intereses de su amo y que, finalmente, se trasladó a la corte de Creso donde se encontró con Solón. Por orden del mismo Creso fue a Delfos llevando ofrendas para los sacerdotes, e indignado por la avaricia y los fraudes de éstos, les reprochó su conducta sin hacerles entrega de los regalos. En venganza, los sacerdotes ocultaron en el equipaje de Esopo una copa de oro consagrada a Apolo, acusándolo de robo. Los delfianos enfurecidos, apresaron a Esopo y le dieron muerte, precipitándolo desde lo alto de la roca Hiampea.

La descripción de su aspecto físico, que inspiró a Goya y a Velázquez, no es por cierto benévola: "disforme, de cabeza apepinada, labios colgantes, tez negra (de aquí su nombre), ventrudo, patizambo, corcovado, lento para expresarse y de locución confusa y desarticulada".

De este modo, sobre la existencia real de Esopo cabe la duda. Un argumento en favor de la verosimilitud del personaje, tal vez el mejor, es la unidad de inspiración y de estilo de la fábula esópica, aunque también deba admitirse que el primitivo núcleo central haya recibido aportes de imitadores y sufrido transformaciones con el transcurso de los siglos.

Por otra parte, es evidente que Esopo llegó a adquirir gran popularidad en Grecia, como lo prueba el hecho de haber sido citado por Aristófanes en sus imitaciones burlescas, por el poeta Alexis y por Heráclito de Ponto.

La fábula esópica ha servido de modelo a todos los fabulistas de la antigüedad y de los tiempos modernos. Se caracteriza por la habilidad y la argucia en la creación de los temas. La brevísima narración tiene como personajes a los animales que simbolizan los vicios y defectos del hombre. Más que relatos son pequeñas escenas de comedia, de acción simple y propósito claro, que justifican la intención popular del creador. Esopo, en efecto, quería que su arte fuese comprendido por el pueblo, al cual él mismo pertenecía por su modesto origen y su condición subalterna.

Las fábulas de Esopo tienen una intención didáctica: se proponen enseñar a las gentes simples las virtudes sociales y prácticas de un modo claro y fácilmente accesible, muy distante de las especulaciones de Aristóteles y Platón acerca de la moral. Su filosofía es optimista, y si señala con acritud los vicios, no por eso deja de considerar al hombre capaz del bien.

Para Esopo la felicidad consiste en la práctica de ciertas virtudes como la gratitud, la fidelidad al amigo, el amor al trabajo, la moderación en las costumbres. Cierta astucia con respecto a las debilidades humanas y a la manera de aprovechar mejor de ellas revela al hombre que ha vivido en contacto con los poderosos y apartado del poder. Por lo general las fábulas terminan con una "moraleja" que enuncia brevemente su objeto. En cuanto a su forma se distinguen por la frescura y facilidad del estilo. Reunidas en compendios que los eruditos fueron clasificando y estudiando minuciosamente, expurgándolas de muchos agregados, se ha podido establecer finalmente un texto casi definitivo que es el que se publica en el presente volumen.

Hemos dicho que, en su mayoría, estas fábulas tienen como protagonistas a diversos animales, convertidos en símbolos por el talento genial del fabulista. Fue Esopo quien unió la idea de la majestad con el león, la de la astucia con el zorro, la de la crueldad con el lobo y la de la previsión con la hormiga. Nada nuevo crearon sus sucesores en tal sentido. Y el hecho de que el modelo haya sido bueno aun en los tiempos modernos basta para probar la extraordinaria capacidad de invención del fabulista. Con él el género se transformó en un instrumento satírico "que enseñaba divirtiendo". Esto explica la difusión de la fábula y su supervivencia a través de los siglos sin romper ni cambiar el molde primitivo.

Fábulas

LOS BIENES Y LOS MALES

Prevaliéndose de la flaqueza de los Bienes, los Males los expulsaron de la tierra, y aquéllos subieron a los cielos.

Una vez allí preguntaron a Zeus cuál debía ser su conducta con los hombres. Les respondió el dios que no se presentaran a los mortales todos juntos, sino uno tras otro.

Ésta es la causa de que los Males, que viven entre los hombres, los asedien sin descanso, en tanto que los Bienes, como descienden de lo alto, sólo se les acercan de tarde en tarde.

Enseña este apólogo que el bien se hace esperar, pero que a diario nos alcanzan los males.

EL MERCADER DE ESTATUITAS

Un hombre talló un Hermes en madera y lo llevó a la plaza del mercado para venderlo. Como nadie se acercaba a comprarlo, se le ocurrió llamar la atención gritando que vendía un dios distribuidor de bondades y beneficios. Mas uno de los curiosos le dijo:

—Oye, si tantos beneficios hace, ¿por qué lo vendes y no te aprovechas de su ayuda?

—Porque yo –contestó aquél– necesito una ayuda inmediata, y él nunca tiene prisa en conceder sus beneficios.

Afecta este apólogo a un hombre indignamente interesado a quien incluso no le importan nada los dioses.

EL ÁGUILA Y LA RAPOSA

Un águila y una raposa se hicieron muy amigas, resolviendo vivir en compañía con la idea de que la existencia en común reforzaría su amistad. Para ello el águila escogió un árbol muy elevado, pariendo allí su cría, mientras que la raposa soltó a sus pequeñuelos bajo unas zarzas al pie del tronco.

Pero un día que la zorra se hallaba ausente buscando comida, el águila hambrienta se abatió sobre el zarzal, arrebató los zorruelos y ella y sus crías se regalaron con un banquete.

Volvió la raposa y más sintió no poder vengarse que la muerte de sus pequeñuelos; ¿cómo iba a perseguir ella, animal cuadrúpedo, a un volátil? Tuvo que contentarse con el consuelo de los débiles y de los impotentes: maldecir desde lejos a su enemigo.

Mas no tardó el águila en sufrir la expiación de su crimen contra la amistad. Se hallaban unas gentes en el campo sacrificando una cabra; cayó el águila sobre el altar y arrebató una víscera inflamada, llevándosela a su nido. Un fuerte viento comunicó el fuego a las secas pajas, ardiendo también los aguiluchos, que aún no podían volar, los cuales cayeron al suelo.

Corrió la zorra entonces, devorándolos todos a los ojos de su enemiga.

Enseña esta fábula que si tú traicionas la amistad, acaso consigas burlar la venganza de tus víctimas siendo éstas débiles, pero que en modo alguno escaparás al castigo de los cielos.

EL ÁGUILA Y EL ESCARABAJO

Perseguida por un águila una liebre, y viéndose perdida, pidió ayuda al único ser que el azar le puso por delante: un escarabajo, suplicándole que la salvara. Así se lo prometió, y al ver acercarse el águila, el escarabajo pidió a ésta que perdonara a su protegida. Pero el águila, con desdén de su insignificancia, devoró a la liebre en presencia del propio escarabajo.

A partir de entonces, consumido de afán de venganza, el escarabajo no cesó de observar los lugares donde el águila hacía su nido, y cuando ésta ponía, se elevaba en el aire y, haciéndolos rodar, estrellaba sus huevos. De tal modo que el águila, de dondequiera arrojada, recurrió a Zeus (porque a Zeus está consagrada), pidiéndole un lugar seguro para depositar sus pequeñuelos.

Autorizóle Zeus a poner en su regazo; pero el escarabajo advirtió la añagaza; hizo en seguida una bolita de barro, voló y, hallándose sobre el regazo de Zeus, la dejó caer encima. Levantóse Zeus para sacudir el barro, tirando por tierra los huevos sin darse cuenta. Desde entonces, durante la época en que aparecen los escarabajos, las águilas no ponen.

Enseña esta fábula que a nadie debe despreciarse, pues no hay ningún ser tan débil que no pueda vengar una ofensa con el tiempo.

EL ÁGUILA, EL PASTOR Y LA CORNEJA

Abatiéndose desde una roca altísima, un águila arrebató un cordero. Quiso entonces la corneja, para no ser menos, imitarla, y con gran estrépito se lanzó sobre un carnero; pero sus garras se enredaron en los mechones de lana, batiendo en vano las alas, sin lograr soltarse.

Vio el pastor la cosa, corrió y cogió a la corneja, y cortándole las puntas de las alas, llevósela por la noche a sus hijos. Éstos le preguntaron qué clase de ave era aquel pájaro, a lo que respondió el pastor:

—En mi entender, una corneja; un águila según sus pretensiones.

De esta manera, tratando de rivalizar con los poderosos, no sólo pierdes tu tiempo, sino que te expones a risa por tus desgracias.

EL ÁGUILA ALICORTA Y LA ZORRA

Se apoderó un hombre un día de un águila, le cortó las alas y la soltó en el corral, para que viviera con las gallinas. Apenada el ave altiva, bajaba la cabeza y no comía: parecía una reina prisionera.

Otro hombre la vio y la compró, arrancóle las plumas cortadas y se las hizo crecer de nuevo frotando sus alas con mitra. Entonces el águila, cogiendo el vuelo, apresó entre sus garras una liebre para llevársela, agradecida, a su libertador.

La vio una zorra y le dijo:

—No es a éste a quien debes llevarle la liebre, sino a tu primer dueño; el segundo ya es bueno por él mismo; procura mejor ablandar al otro, no sea que te atrape de nuevo y te arranque las alas.

Enseña esta fábula que debemos corresponder generosamente a nuestros bienhechores y, por prudencia, mantener a distancia a los malvados.

EL ÁGUILA HERIDA POR UNA FLECHA

Posóse un águila en el pico de un peñasco, al acecho de las liebres. Un hombre le lanzó una flecha que penetró en su carne, viendo el águila ante sus ojos el aguijón con sus plumas. Y al verlo exclamó:

—¡Mayor es mi tristeza muriendo por mis propias plumas!

Más agudo es el aguijón del dolor cuando somos vencidos con nuestras mismas armas.

EL RUISEÑOR Y EL GAVILÁN

Encaramado en un alto roble, un ruiseñor cantaba según su costumbre. Lo vio un gavilán escaso de comida y, lanzándose sobre él, lo apresó en sus garras.

Seguro de su muerte, el ruiseñor le suplicó que le soltara, diciendo que él sólo no podía llenar el vientre de un gavilán y que, si tenía hambre, debía apresar pájaros más grandes. El gavilán repuso:

—Necio sería si dejara escapar la presa que tengo, por correr detrás de la que ni siquiera he visto.

Muestra esta fábula que también entre los hombres son insensatos aquellos que con la esperanza de mayores bienes dejan ir los que tienen en sus manos.

EL RUISEÑOR Y LA GOLONDRINA

Invitaba la golondrina al ruiseñor a poner su nido bajo el techo de los hombres y a vivir con ellos como ella misma. El ruiseñor repuso:

—No quiero reanimar el recuerdo de mis antiguos males, y por eso vivo en los lugares apartados.

Enseña esta fábula que el hombre afligido por un mal golpe de la suerte desea, incluso, rehuir el sitio donde le hirió el daño.

EL DEUDOR DE ATENAS

Un deudor de Atenas, apremiado por su acreedor para que le pagara su deuda, primero le pidió que le concediera un corto plazo pretextando hallarse en apuro; mas no logrando convencerle, trajo la única marrana que poseía, disponiéndose a venderla en presencia de su acreedor.

Presentóse un comprador preguntando si la marrana era fecunda.

—Tan fecunda –respondió el deudor–, que hasta

lo es de modo extraordinario: en los Misterios pare hembras y en las Panateneas pare machos.

Asombrado el comprador de lo que oía, el deudor exclamó:

—¡No te asombres tanto, porque esta marrana también te dará cabritos en las Dionisíacas![1]

Enseña esta fábula que muchos no vacilan, cuando se trata de su propio interés, en afirmar incluso cosas imposibles.

EL NEGRO

Un hombre compró un negro, imaginándose que su color provenía del descuido de su anterior propietario. Una vez en su casa, le sometió a todas las jabonadas posibles, intentó toda clase de lavados para blanquearlo, pero no pudo cambiar su color y acabó por poner enfermo al negro a fuerza de cuidados.

Muestra esta fábula que lo natural subsiste tal como se nos aparece la primera vez.

EL GALLO Y LA COMADREJA

Una comadreja se apoderó de un gallo y quiso presentar una razón plausible para comérselo.

Primero le acusó de importunar a los hombres y de impedirles dormir cantando de noche; defendióse el

---

[1] *Misterios*: ceremonias secretas en honor de ciertas divinidades; *Panateneas* y *Dionisíacas*, fiestas en honor de Atenea y Baco (Dionisos). (Notas de los traductores).

gallo diciendo que lo hacía para serles útiles, pues, despertándolos, les recordaba sus trabajos cotidianos.

Entonces la comadreja adujo una nueva acusación: que ultrajaba a la naturaleza por las relaciones que tenía con su madre y sus hermanas; repuso el gallo que también así favorecía a sus dueños, porque de este modo las gallinas ponían más huevos.

—¡Vaya –exclamó la comadreja–, veo que tienes respuesta para todo, pero yo no voy a ayunar por eso! –y lo devoró.

Esta fábula enseña que un carácter malvado, puesto a hacer daño, si no puede cubrirse con un buen pretexto, lo hace abiertamente.

EL GATO Y LOS RATONES

Había una casa infestada de ratones. Súpolo un gato, se fue a ella y, uno tras otro, los iba devorando a todos. Los ratones, viendo que siempre los cazaba, desaparecían en sus agujeros, y no pudiendo el gato atraparlos en ellos, imaginó una trampa para que salieran.

Trepó, en efecto, a un alto leño y, colgado en él, se hizo el muerto; pero una de las ratas asomó el hocico, le vio y le dijo:

—¡Oye, amiguito, aunque fueras un saco no me acercaría!

Demuestra esta fábula que los hombres sesudos, cuando una vez han experimentado la maldad de algunas personas, ya no se dejan engañar por sus habilidades.

LA COMADREJA Y LAS GALLINAS

Se enteró una comadreja de que en un corral había unas gallinas enfermas, disfrazóse de médico, cogió los instrumentos del arte y se presentó en el gallinero. Llegada a la puerta, preguntó a las gallinas que cómo iba su salud.

—¡Muy bien si tú te largas! –respondieron.

Los prudentes descubren las artes de los malvados a pesar de todos sus fingimientos de bondad.

LA CABRA Y EL CABRERO

Llamaba un cabrero a sus cabras para llevarlas al corral. Una de ellas se detuvo sin duda ante un rico pasto, y el cabrero le lanzó una piedra, con tan buena puntería que le rompió un cuerno. Entonces el cabrero suplicó a la cabra que no se lo dijera al amo; a lo que ella repuso:

—¡Quisiera yo guardar silencio y no podría! Bien a la vista está mi cuerno roto.

Cuando la falta está patente, es imposible disimularla.

LA CABRA Y EL ASNO

Daba de comer un hombre al mismo tiempo a una cabra y a un asno. La cabra cobró envidia al asno porque éste estaba muy bien alimentado, y le dijo:

—Entre la noria y la carga, tu vida es un tormento inacabable; finge un ataque y déjate caer en un foso para que te den descanso.

Siguió el asno el consejo, se dejó caer y se lastimó todo el cuerpo. Hizo venir el amo al veterinario y le pidió un remedio para el herido. Prescribió el curandero que le hiciera una infusión con el pulmón de una cabra, pues este remedio le devolvería el vigor. Por lo cual degollaron a la cabra para curar al asno.

Aquel que imagina maldades contra otro es al cabo el primer obrero de su desgracia.

EL CABRERO Y LAS CABRAS MONTESES

Llevó un cabrero sus cabras a los pastos y vio de pronto que con ellas se habían mezclado unas cabras monteses; llegada la noche, llevó a todas a su gruta.

Por la mañana estalló una gran tormenta; no pudiendo llevarlas a los pastos, las cuidó dentro; pero mientras a sus propias cabras sólo les dio un puñado de forraje, lo justo para que no se murieran de hambre, a las extrañas les aumentó la ración, con el propósito de quedarse también con ellas. Pasó por fin el mal tiempo; salieron todas al campo, pero las cabras monteses huyeron a la montaña. El pastor las acusó de ingratitud, por abandonarle después de haberlas atendido con tanto cuidado; mas ellas se volvieron para decirle:

—Mayor razón para desconfiar de ti, porque si a nosotras, recién llegadas, nos has tratado mejor que a tus viejas esclavas, esto quiere decir que si otras cabras vinieran, también nos despreciarías por ellas.

Enseña esta fábula que no debemos confiarnos en las protestas de amistad de aquellos que nos hacen pasar, amigos recientes, por delante de los viejos. Pensemos que cuando nuestra amistad envejezca, al conocer aquéllos a otros, estos nuevos amigos tendrán su preferencia.

LA ESCLAVA FEA Y AFRODITA

Una esclava fea y mala gozaba del amor de su amo. Con el dinero que éste le daba, la esclava se embellecía con brillantes adornos, rivalizando con su propia señora. Para agradecer a Afrodita que la hiciera bella, le hacía frecuentes sacrificios; pero la diosa se le apareció en sueños y dijo a la esclava:

—No me agradezcas el hacerte bella, porque estoy irritada grandemente contra ese hombre a quien pareces hermosa.

No nos debe cegar el orgullo cuando nos enriquecemos con medios vergonzosos, en particular cuando carecemos de alta cuna y de belleza.

EL ÁGUILA Y LOS DOS GALLOS

A causa de las gallinas, riñeron dos gallos; uno al otro puso en fuga. Retiróse el vencido a un matorral, ocultándose en él, mientras que el vencedor, elevándose en el aire se encaramó a una alta tapia y púsose a cantar a plenos pulmones. Mas no tardó un águila en caer sobre él y raptarlo; desde entonces el gallo que se había escondido pudo cubrir a las gallinas con toda tranquilidad.

LA PERDIZ Y LOS GALLOS

Un hombre que en su casa tenía dos gallos, compró una perdiz doméstica y la llevó al corral para alimentarla con los gallos. Éstos la atacaban y la perseguían, y la perdiz, pensando que la maltrataban por ser de raza distinta, estaba humillada. Pero días más tarde vio que los gallos se peleaban entre sí y que cada vez que se separaban estaban cubiertos de sangre; y entonces se dijo para sí misma:

—No me quejo ya de que los gallos me persigan, porque veo que no están en paz ni aun entre ellos.

Enseña esta fábula que los hombres discretos sufren fácilmente las ofensas de sus vecinos al ver que éstos no perdonan ni aun a sus parientes.

LOS PESCADORES Y EL ATÚN

Salieron al mar unos pescadores y luego de bregar largo rato sin coger nada, sentáronse en su barca, entregándose a la desesperación. En este momento, un atún perseguido y que huía ruidosamente saltó por error a su barca; cogiéronle los pescadores y lo vendieron en la ciudad.

Quiere decir esto que, a menudo, lo que el arte nos niega el azar nos lo da gratuitamente.

LOS PESCADORES QUE PESCARON PIEDRAS

Tiraban unos pescadores de una red y, como estaba muy cargada, bailaban y gritaban de contento, creyendo que habían hecho una buena pesca. Arrastrada la red a la playa, en lugar de peces encontraron piedras y otros objetos; con lo que fue muy grande su contrariedad, no tanto por la rabia de su chasco, como por haber esperado otra cosa. Uno de los pescadores, un viejo, dijo a sus compañeros:

—Basta de afligirse, muchachos, puesto que según parece la alegría tiene por hermana a la tristeza; después de habernos alegrado tanto antes de tiempo, era natural que tropezásemos con alguna contrariedad.

Así, pues, considerando cuán mudable es la vida, no debemos alabarnos de conseguir siempre los mismos éxitos, sino tener presente que al buen tiempo sigue la tormenta.

EL PESCADOR FLAUTISTA

Un pescador que también tocaba hábilmente la flauta, cogió juntas sus flautas y sus redes para ir al mar; sentado en una roca saliente, púsose a tocar la flauta, creyendo que los peces, atraídos por sus dulces sones, saltarían del agua para ir hacia él. Mas, cansado al cabo de su esfuerzo en vano, dejó la flauta a un lado, lanzó la red al agua y cogió buen número de peces. Viéndoles brincar en la orilla después de sacarlos de la red, exclamó el pescador flautista:

—¡Malditos animales: cuando tocaba la flauta no

teníais ganas de bailar, y ahora que no lo hago parece que os dan cuerda!

Aplícase esta fábula a los que proceden a destiempo.

EL PESCADOR Y LOS PECES GRANDES Y PEQUEÑOS

Un pescador al tirar de la red sacó a tierra los peces grandes pero los pequeños se le escaparon al mar escurriéndose entre las mallas.

Los hombres de poca importancia se salvan fácilmente; pero pocas veces se ve que un hombre de mucha fama escape de los peligros.

EL PESCADOR Y EL PECECILLO

Un pescador, después de lanzar al mar su red, sólo cogió un pececillo. Suplicó éste al pescador que le dejara por el momento en gracia de su pequeñez.

—Cuando sea mayor, podrás pescarme de nuevo, y entonces seré para ti de más provecho –terminó el pececillo.

—¡Hombre –replicó el pescador–, bien tonto sería soltando la presa que tengo en la mano para contar con la presa futura, por grande que sea!

Enseña esta fábula la locura de dejar, sin la esperanza de un mayor provecho, la fortuna que se tiene en las manos, con el pretexto de ser pequeña.

PESCADOR EN RÍO REVUELTO

Pescaba un pescador en un río, atravesándolo con su red de una a otra orilla; luego, con una piedra atada al extremo de una cuerda de lino, agitaba el agua para que los peces, aturdidos, cayeran al huir entre las mallas de la red. Viole proceder así un vecino y le reprochó el revolver el río, obligándoles a beber el agua turbia; mas él respondió:

—¡Si no revuelvo el río, tendré que morirme de hambre!

Así sucede en los Estados: más provecho encuentran los agitadores cuanto mayor es la discordia que siembran en el pueblo.

EL ALCIÓN

Este pájaro prefiere la soledad y vive siempre sobre el mar. Dícese que para huir de los hombres que le dan caza, hace su nido en las rocas de la orilla. Un día, un alción que iba a poner, se encaramó a un montículo y, divisando un peñasco erecto sobre el mar, en él hizo su nido. Pero otro día que el alción salió en busca de comida, levantado el mar por una borrasca, llegó hasta el nido, y ahogó, cubriéndolo de agua, a los pajarillos. Al ver el alción, de vuelta, lo que había sucedido, exclamó:

—¡Desdichado! ¡Huyendo de los engaños de la tierra me refugié en este mar para encontrar mayor perfidia!

Asimismo ciertos hombres, prevenidos contra sus

enemigos, tropiezan sin sospecharlo con amigos aún más peligrosos.

LAS RAPOSAS A ORILLAS DEL MEANDRO

Reuniéronse un día las raposas, a orillas del Meandro, con el propósito de apagar su sed; pero el agua corría furiosa, y aunque se excitaban unas a otras, ninguna se atrevía a entrar en la corriente.

Por fin una raposa habló para humillar a las otras, burlándose de su cobardía y, presumiendo de ser más valiente que ellas, saltó al agua atrevidamente. Pero la corriente la arrastraba al centro del río, y entonces las otras, siguiéndola por la orilla, le gritaron:

—¡No nos dejes, hermana; vuelve y dinos el sitio donde podemos beber sin peligro!

Mas ella, arrastrada por la corriente, repuso:

—Llevo un recado para Mileto; a la vuelta os enseñaré ese sitio.

Se aplica esta lección a quienes se buscan el peligro por fanfarrones.

LA ZORRA QUE LLENÓ SU VIENTRE

Una raposa hambrienta vio en el tronco de una encina los pedazos de pan y de carne que habían dejado los pastores escondidos en una hendidura, y entrando en ella, se los comió. Pero se le hinchó el vientre y no pudo salir por donde había entrado, empezando a gemir y lamentarse del percance. Pasó otra zorra por el lugar y, oyéndole sus quejas, se acercó y le preguntó el motivo. Cuando lo supo, dijo:

—¡Pues sigue ahí hasta que vuelvas a estar como estabas, y entonces saldrás fácilmente!

Enseña esta fábula que el tiempo resuelve las dificultades.

LA ZORRA Y EL ESPINO

Al saltar unas bardas, una zorra a punto de caer por escurrirse, se asió a un espino; pero sus púas le arañaron las patas haciéndola sufrir, por lo que dijo:

—¡Acudí a ti para que me ayudaras, y me has herido!

—¡Tú tienes la culpa, amiguita, por engancharte a mí, acostumbrado a enganchar a todo el mundo!

Esta fábula enseña que también entre los hombres son unos necios aquellos que piden la ayuda de quienes, más que ayudar, están dispuestos a hacer daño.

LA ZORRA Y LAS UVAS

Quiso una zorra hambrienta, al ver colgando de una parra hermosos racimos de uvas, atraparlos con su boca; mas no pudiendo alcanzarlos se alejó diciéndose a sí misma:

—¡Están verdes!

Asimismo ciertos hombres que no pueden llevar adelante sus asuntos por culpa de su incapacidad, culpan a las circunstancias.

LA ZORRA Y LA SERPIENTE

Pasaba un camino al pie de una higuera. Una zorra vio junto a ella a una serpiente dormida; envidiosa de su cuerpo tan largo y queriendo igualarla, se echó por tierra al lado de la serpiente y trató de alargarse cuanto podía, hasta que al fin, por extremar su esfuerzo, el imprudente animal reventó.

Esto sucede a los que rivalizan con los que son más fuertes que ellos: que sucumben por sí mismos antes de poder alcanzarlos.

LA ZORRA Y EL LEÑADOR

Una zorra perseguida por unos cazadores vio a un leñador y le suplicó que le buscara un escondite. El hombre le aconsejó que entrase en su cabaña y se escondiera en ella. Al instante llegaron los cazadores, preguntando al leñador si había visto pasar por allí una raposa. Dijo que no con la voz, pero señaló con la mano dónde se había escondido. Los cazadores no comprendieron el gesto y se fiaron en las palabras; la zorra, al verlos marchar, salió sin decir una palabra.

Reprochóle el leñador que, habiéndola salvado, no le dijera ni una palabra de agradecimiento: a lo que la zorra repuso:

—Te hubiera dado las gracias si tus gestos y tus actos hubieran respondido a tus palabras.

Puede aplicarse esta fábula a aquellos que proclaman en palabras su virtud, y en hechos se comportan como malvados.

LA ZORRA Y EL COCODRILO

Disputaban la zorra y el cocodrilo respecto de la nobleza de su cuna. Habló largamente el cocodrilo de la ilustración de sus antepasados, terminando por decir que sus padres habían sido gimnasiarcas, guardianes del gimnasio.

—No necesitas decirlo –replicó la zorra–; tu piel dice bien a las claras que desde hace años te dedicas a los ejercicios gimnásticos.

Sucede lo propio entre los hombres: los hechos desmienten a los embusteros.

LA ZORRA Y EL PERRO

Penetró una raposa en un rebaño de carneros y, arrimando un corderillo a su pecho, fingía acariciarle. Preguntóle un perro:

—¿Qué estás haciendo?

—Le acaricio y juego con él.

—¡Pues, suéltale en seguida, si no quieres conocer las caricias de perro!

Aplícase esta fábula al trapacero y al ladrón inhábil.

LA ZORRA Y LA PANTERA

Disputaban la zorra y la pantera sobre su belleza. Alababa la pantera extraordinariamente la variedad de su piel. La raposa tomó la palabra y dijo:

—¡Mucho más hermosa soy yo que tú, no de cuerpo, sino de espíritu!

Enseña esta fábula que las galas del espíritu son preferibles a la belleza del cuerpo.

LA ZORRA Y EL MONO REY

Bailó el mono en una junta de animales y, conquistando su voluntad, fue elegido rey. Celosa por ello la zorra, vio un trozo de carne en un cepo y llevó allí al mono, diciéndole que había encontrado un tesoro, pero que en lugar de cogerlo para él se lo había guardado por ser una prerrogativa de la realeza; invitándole a que lo tomara, el mono se acercó irreflexivo y quedó cogido en el cepo. Entonces la zorra, a quien el mono acusaba de haberle tendido un lazo, repuso:

—¡Eres un necio, mono, y quieres reinar entre los animales!

Del mismo modo aquellos que sin reflexión se lanzan a una empresa, no ya fracasan, sino que se prestan a la burla.

EL MONO Y LA ZORRA DISPUTANDO SOBRE SU NOBLEZA

Viajando juntos el mono y la zorra, disputaban sobre su nobleza. En tanto que cada uno de los dos detallaba ampliamente sus títulos, llegaron a cierto lugar. Volvió el mono su mirada y rompió a sollozar. La zorra le preguntó el motivo, y el mono, mostrándole las tumbas, le dijo:

—¡Oh, cómo contener las lágrimas al ver las piedras funerarias de los libertos y esclavos de mis padres!

—¡Puedes mentir cuanto quieras –contestó la zorra–; ninguno se levantará para desmentirte!

Ocurre lo propio con los hombres: los embusteros sólo se alaban cuando no hay nadie delante para confundirlos.

LA ZORRA Y EL CHIVO

Cayó una zorra en un pozo, viéndose obligada a quedar dentro por no poder salir. Empujado por la sed, un chivo acudió al mismo pozo, y viendo a la zorra, le preguntó si el agua era buena. Ésta, poniendo al mal tiempo buena cara, se deshizo en elogios del agua, afirmando que era excelente, e invitó al chivo a descender donde ella estaba.

Sin consultar el chivo más que con su deseo, saltó al pozo y, luego de apagar su sed, preguntó a la zorra cómo podían salir de allí. Ésta tomó la palabra y dijo:

—Hay un medio, si quieres nuestra salvación. Apoya tus patas delanteras contra la pared y alza al aire tus cuernos; yo subiré por ellos, y luego tiraré de ti.

Hízolo así el chivo de buena gana, y la zorra, trepando ágilmente por la espalda y los cuernos de su compañero, alcanzó la boca del pozo alejándose al instante.

Al reprocharle el chivo la violación de su convenio, se volvió la zorra y le dijo:

—¡Oye, amigo, si tuvieras tantas ideas como pelos en la barba, no hubieras bajado sin pensar antes cómo subir después!

Esto quiere decir que los hombres sesudos no deben acometer ninguna empresa sin haber examinado antes su fin.

LA ZORRA RABICORTA

Una zorra a quien un cepo había cortado la cola estaba tan avergonzada, que consideraba su vida imposible; por lo cual decidió aconsejar a las demás raposas el cortarse también la cola, para disimular con la mutilación común su defecto personal. Reuniólas, pues, a todas, diciéndoles que la cola no sólo era un feo apéndice, sino además un peso inútil. Mas una de ellas tomó la palabra y dijo:

—¡Oye, amiguita, nos das este consejo porque te conviene!

Puede aplicarse esta fábula a los que dan al prójimo consejos, no por bondad, sino por interés propio.

LA ZORRA QUE NUNCA VIO UN LEÓN

Había una zorra que nunca había visto un león. Púsola el azar un día delante de la fiera. Como era la primera vez que la veía, sintió un miedo de muerte; al encontrar al león por segunda vez, aún sintió miedo, pero menos que la primera; en fin, al verle por vez tercera se envalentonó hasta acercarse a él para trabar conversación con la fiera.

Enseña esta fábula que la costumbre dulcifica hasta las cosas más aterradoras.

LA ZORRA Y LA CARETA

Entró una zorra en casa de un actor y, después de hurgar en sus harapos, halló entre otras cosas una máscara artísticamente trabajada; cogióla la zorra entre sus patas, y dijo:

—¡Hermosa cabeza, pero sin seso!

Sirve esta fábula para los hombres hermosos de cuerpo, pero pobres de juicio.

DOS HOMBRES DISPUTANDO ACERCA DE SUS DIOSES

Disputaban dos hombres sobre si Hércules o Teseo eran uno más grande que el otro; mas los dioses, irritados contra ellos, vengáronse cada uno en el país del otro.

Las disputas de los inferiores provocan la ira de los poderosos contra sus subordinados.

EL CRIMINAL

Un hombre que había cometido un crimen era perseguido por los parientes de la víctima. Llegado a orillas del Nilo, tropezó con un lobo y, temiéndole, se subió a un árbol de la orilla; pero estando allí subido divisó una serpiente que trepaba hacia él, y entonces se arrojó al río, donde le devoró un cocodrilo.

Enseña la fábula que ningún elemento, ni la tierra, ni el aire, ni el agua, ofrece asilo a los criminales perseguidos por los dioses.

PROMETER LO IMPOSIBLE

Un pobre se hallaba gravemente enfermo. Desesperando los médicos de salvarle, se dirigió a los dioses, prometiendo ofrendarles una hecatombe y consagrarles varios exvotos si lograba restablecerse. Le oyó su mujer, que se encontraba a su lado, y le preguntó:

—¿Y de dónde sacarás el dinero para pagar todo eso?

—¿Crees que los dioses me lo van a reclamar si me restablezco? –repuso el enfermo.

Dice esta fábula que los hombres hacen fácilmente promesas sin la intención de cumplirlas en efecto.

EL COBARDE Y LOS CUERVOS

Partió un cobarde para la guerra, pero oyendo graznar a los cuervos, dejó sus armas en el suelo y se detuvo. Cogiólas luego nuevamente y prosiguió su marcha; mas otra vez graznaron los cuervos, volvió a detenerse y les dijo:

—¡Podéis chillar cuanto os venga en gana, pero no os daréis un banquete con mi carne!

Se aplica esta fábula a los apocados.

EL HOMBRE Y LA HORMIGA

Fuese a pique un día un navío con todo sus pasajeros, y un hombre, testigo del naufragio, pretendía que eran injustas las decisiones de los dioses, puesto que, por perder a un solo impío, habían hecho perecer también a muchos inocentes.

Mientras así hablaba, sentado en un punto plagado de hormigas, una de ellas le mordió, y él, para castigarla, las aplastó a todas. Entonces se le apareció Hermes, y dándole con su caduceo,[2] le dijo:

—Admitirás ahora que los dioses juzgan a los hombres del mismo modo que tú juzgas a las hormigas.

Cuando ocurra una desgracia, no blasfemes contra los dioses, mas examina tus propias faltas.

LA MUJER INTRATABLE

Tenía un hombre una mujer en extremo violenta con todas las gentes de su casa. Queriendo saber si demostraba igual humor con los criados de su padre, la envió a casa de éste con un pretexto cualquiera.

De vuelta al cabo de unos días, le preguntó el marido cómo la habían tratado los criados de su padre, y ella respondió:

—Los pastores y los boyeros me miraban de reojo.

—Pues si tan mal te miraban, mujer, los que sacan los rebaños al despuntar el día y no vuelven hasta lle-

---

[2] Representábase a Hermes o Mercurio con una vara a la que se enroscaban dos culebras, llamada caduceo; era un símbolo de paz, hoy lo es del comercio.

gada la noche, ¿cómo te mirarían aquellos con quienes pasabas el día entero?

A menudo las cosas pequeñas descubren las grandes, y las visibles las cosas ocultas.

EL PÍCARO

Se comprometió un pícaro con uno a demostrar que el oráculo de Delfos mentía. Llegó el día señalado; el pícaro cogió un jilguerillo y, escondiéndolo debajo de su manto, se dirigió al templo. Encarándose con el oráculo le preguntó si el objeto que tenía en la mano estaba vivo o era "inanimado". Si el dios decía "inanimado", el pícaro enseñaría el jilguerillo vivo; si decía "vivo", lo presentaría muerto, después de haberle ahogado.

Pero el dios, reconociendo su malvada intención, contestó:

—Cesa en tu engaño, hombre, pues de ti depende que lo que tienes en la mano esté muerto o vivo.

Enseña esta fábula que la divinidad está a cubierto de cualquier sorpresa.

EL FANFARRÓN

Un atleta muy conocido de sus conciudadanos por su falta de vigor, partió un día para el extranjero. Volvió al cabo de algún tiempo, pregonando que había llevado a cabo varias proezas en distintos países; contaba sobre todo haber hecho en Rodas un salto que ninguno de los atletas coronados en los juegos olímpicos era capaz de realizar, añadiendo que presentaría los testigos de su hazaña si los que allí se hallaban presentes venían alguna vez de su país.

Uno de los que escuchaban tomó la palabra y dijo:

—Oye, amigo; si eso es verdad, no hacen falta testigos; esto es Rodas, haz el salto.

Enseña esta fábula que cuando no puede probarse una cosa con hechos, todo lo que se diga sobra.

EL CANOSO Y SUS AMANTES

Un hombre ya canoso tenía dos amantes, una joven y otra vieja. Avergonzada la de mayor edad de tratar con un amante más joven que ella, cada vez que la visitaba le arrancaba los cabellos negros. A su vez la joven, no queriendo tener por amante a un viejo, le quitaba los cabellos blancos. Con lo que aconteció que el hombre, pelado alternativamente por una y otra, se quedó calvo.

Quiere decirse que aquello que está mal distribuido siempre origina disgustos.

EL NÁUFRAGO

Bogaba un rico ateniense en una nave con otros pasajeros; a causa de una súbita y violenta tempestad, empezó a hacer agua el navío. Y mientras los demás pasajeros trataban de salvarse a nado, el rico ateniense, invocando a cada instante a la diosa Atenea, le prometía toda clase de ofrendas si conseguía salvarse.

Uno de los náufragos que nadaba a su lado le dijo:

—Pide a Atenea, pero también a tus brazos.

Invocamos a menudo a los dioses, mas no olvidemos trabajar por nuestra parte para salvarnos.

Si gracias a nuestro esfuerzo obtenemos la protección de los dioses, estimémonos dichosos.

Caídos en la desgracia, pensemos en nuestro esfuerzo para salir de ella, implorando solamente entonces el auxilio de la divinidad.

EL CIEGO

Tenía un ciego la habilidad de reconocer al tacto cualquier animal al alcance de su mano, diciendo de qué especie era. Presentáronle un día un lobezno, lo palpó y quedó indeciso.

—No acierto –dijo– si es la cría de una loba, de una zorra o de otro animal de su misma especie; pero lo que sé es que no ha nacido para vivir en un rebaño de corderos.

Con frecuencia se descubre la naturaleza de los malvados en su aspecto.

EL EMBUSTERO

Un hombre enfermo y escaso de recursos prometió a los dioses sacrificarles cien bueyes si le salvaban de la muerte. Queriendo someterle a una prueba, los dioses le ayudaron a recobrar rápidamente la salud, y el hombre se levantó del lecho. Pero como no tenía los cien bueyes prometidos, los modeló con sebo y los sacrificó en un altar, diciendo:

—¡Recibid, oh dioses, mi ofrenda!

Los dioses también quisieron burlarse a su vez del embustero, y le enviaron un sueño que le instaba a dirigirse a la orilla del mar, donde encontraría mil monedas de plata.

No pudiendo contenerse de alegría, el embustero corrió a la playa, cayendo en manos de unos piratas que luego le vendieron, y así halló las mil monedas de plata.

Esta fábula se aplica perfectamente al embustero.

EL CARBONERO Y EL BATANERO

Un carbonero que ejercía su oficio en cierta casa visitó a un batanero establecido no muy lejos de él, exhortándole a vivir juntos, pues de este modo, a más de mayor amistad vivirían con menos gastos al no tener más que una casa. Pero le respondió el batanero:

—Esto es para mí imposible, pues lo que yo blanqueara, tú lo ennegrecerías de hollín.

Enseña la fábula que no se pueden asociar las naturalezas distintas.

LOS HOMBRES Y ZEUS

Dícese que los animales fueron modelados primero y que Zeus les concedió la fuerza a uno, a otro la rapidez, al de más allá las alas; pero el hombre quedó desnudo y dijo:

—¡Sólo a mí no me has concedido ningún favor!

—No reconoces el presente que te he hecho –repuso Zeus–, y es el más grande, pues has recibido la razón, poderosa entre los dioses y los hombres, más poderosa que los poderosos, más veloz que los más veloces.

Entonces el hombre, reconociendo el presente de Zeus se alejó adorando y dando gracias al dios.

Todos los hombres han sido favorecidos con la razón, pero algunos son insensibles a tal don y prefieren envidiar a los animales, privados de sentimiento y de inteligencia.

EL HOMBRE Y LA RAPOSA

Odiaba un hombre a una zorra porque le ocasionaba ciertos daños. Pudo cogerla y, para llevar a cabo una cumplida venganza, atóle a la cola un pedazo de estopa empapada en aceite, prendiéndole fuego. Pero un dios condujo a la raposa a los campos del insensato; era la época de la recolección, y el hombre siguió a la zorra y contempló, llorando, su cosecha perdida.

Debemos ser indulgentes, mesurados, pues a menudo sucede que la ira causa grandes males a los mismos irascibles.

EL HOMBRE Y EL LEÓN VIAJEROS

En cierta ocasión viajaban juntos un hombre y un león. Iban disputando que quién era más, cuando al pie del camino encontraron una estela de piedra que representaba a un hombre estrangulando a un león.

—Ahí ves cómo somos más fuertes que vosotros –dijo el hombre enseñándosela al león.

—Si los leones supieran esculpir –respondió el león con una sonrisa–, verías a muchos más hombres entre las garras del león.

Se jactan muchos con palabras de ser valientes y arrojados, pero la experiencia los confunde y los desmiente.

EL HOMBRE Y EL SÁTIRO

Dícese que en otro tiempo un hombre concertó un pacto de amistad con un sátiro. Llegó el invierno y con él el frío; el hombre arrimaba las manos a la boca y soplaba en ellas. Preguntóle el sátiro por qué lo hacía. Repuso que se calentaba la mano a causa del frío.

Sirviéronles luego de comer; los alimentos estaban muy calientes, y el hombre, cogiéndolos a trocitos, los acercaba a la boca y soplaba en ellos. Preguntóle otra vez el sátiro por qué lo hacía. Contestó que enfriaba la comida porque estaba muy caliente

—¡Pues escucha –exclamó el sátiro–, renuncio a tu amistad porque lo mismo soplas con la boca lo frío y lo caliente! Saquemos la consecuencia de que debemos rechazar la amistad de aquellos que tienen un carácter ambiguo.

EL HOMBRE Y LA ESTATUA

Un pobre tenía una estatuita de un dios, al que suplicaba que le diera la fortuna; pero como su miseria no hacía más que aumentar, se enojó y, cogiendo al dios por una pierna, lo arrojó contra la pared. Rompióse la cabeza del dios, desparramando monedas de oro. El hombre las recogió y exclamó:

—Por lo que veo, tienes las ideas al revés, además de ser un ingrato, porque cuando te adoraba, no me has ayudado, y ahora que acabo de tirarte, me contestas colmándome de riqueza.

Enseña esta fábula que nada adelantamos honrando a un malvado, y que puede conseguirse más castigándole.

EL HOMBRE Y EL LEÓN DE ORO

Un avaro que también era de ánimo apocado encontró un león de oro, y púsose a decir:

—¿Qué hacer en este trance? El espanto paraliza mi razón; el ansia de riqueza por un lado y el miedo por otro me desgarran. ¿Qué azar o qué dios ha hecho un león de oro? Lo que me sucede llena mi alma de discordia; quiero el oro, y temo la obra hecha con oro; el deseo me empuja a cogerlo, y mi natural a dejarlo. ¡Oh fortuna que ofrece y que no permite tomar! ¡Oh tesoro que no da placer! ¡Oh favor de un dios que es un suplicio! ¿Qué haré para que venga a mis manos? Volveré con mis esclavos para coger el león con esta tropa de amigos, mientras yo miro desde lejos.

Aplícase esta fábula a un rico que no se atreve ni a tocar sus tesoros, ni a usarlos.

EL OSO Y LA ZORRA

Se jactaba un oso de amar a los hombres por la razón de que no le gustaban los cadáveres. La zorra le replicó:

—¡Ojalá quisieran los dioses que destrozaras a los muertos y no a los vivos!

Descubre esta fábula a los avarientos que viven en la hipocresía y en la jactancia.

EL LABRADOR Y EL LOBO

Llevó un labrador su yunta al abrevadero. Un lobo hambriento en busca de comida encontró el arado, y púsose a lamer primero los bordes del yugo; luego, sin darse cuenta, acabó por meter el cuello dentro y, esforzándose en soltarse, arrastró el arado por el surco. Viole el labrador al regreso y exclamó:

—¡Ah, ladrón, si pudieras renunciar a tu oficio y uncirte al trabajo de la tierra!

Por mucho que los malvados quieran hacernos creer en su bondad, su natural nos impide creerlos.

EL ASTRÓNOMO

Tenía un astrónomo la costumbre de pasear todas las noches estudiando los astros. Un día que vagaba por las afueras de la ciudad, absorto en la contemplación del cielo, cayó inopinadamente en un pozo. Estando lamentándose y dando voces, acertó a pasar un hombre, que oyendo sus lamentos se le acercó para saber su motivo; enterado de lo sucedido, dijo:

—¡Amigo mío! ¿Quieres ver lo que hay en el cielo y no ves lo que hay en la tierra?

Podría aplicarse esta fábula a aquellos que se jactan de hacer maravillas y son incapaces de conducirse en las circunstancias ordinarias de la vida.

LAS RANAS PIDIENDO REY

Cansadas las ranas de la anarquía en que vivían, mandaron una diputación a Zeus para pedirle que les diera un rey.

Zeus, compadecido de su simpleza, envió un leño a su charca.

Espantadas las ranas por el ruido, se escondieron en las profundidades del pantano; al fin, viendo que el leño no se movía, volvieron a salir a la superficie y empezaron a sentir tan gran desprecio por el rey, que saltaban sobre él y se sentaban encima.

Humilladas de tener por monarca a un madero, se presentaron nuevamente a Zeus, pidiéndole que les cambiara el rey, pues el primero era demasiado tranquilo. Indignado Zeus, les mandó una culebra de agua que las atrapó y las devoró.

Enseña esta fábula que más vale ser gobernados por hombres descuidados, pero sin maldad, que por otros muy emprendedores, pero malvados.

LAS RANAS VECINAS

Una rana vivía en un pantano profundo, alejado del camino; otra, su vecina, en una charca del camino.

La del pantano aconsejaba a su vecina que fuese a vivir al lado de ella; allí disfrutaría de una existencia mejor y más segura. Pero la otra no se dejó convencer, alegando que le costaba trabajo abandonar una morada donde tenía sus costumbres. Un día pasó por allí un carretón y la aplastó.

Sucede lo propio con los hombres: aquellos que practican viles oficios, prefieren morir antes que adoptar empleos más honorables.

LAS RANAS Y EL PANTANO DESECADO

Habitaban dos ranas un pantano; pero llegó el estío y se secó, por lo cual lo dejaron para buscar otro con agua. Encontraron entonces un pozo profundo; al verlo, dijo una rana a la otra:

—Compañera, vamos a bajar las dos a este pozo.

—Pero si también se seca el agua de este pozo –repuso la otra–, ¿cómo subiremos luego?

Aconseja esta fábula no comprometerse con ligereza en los asuntos.

LA RANA GALENO Y LA ZORRA

Gritaba un día una rana desde un pantano a todos los animales:

—¡Soy médico y conozco los remedios!

La oyó una zorra y exclamó:

—¿Cómo podrás salvar a los demás cuando tú misma cojeas y no te curas?

Esta fábula enseña que aquel que no ha sido iniciado en la sabiduría, mal puede instruir a los otros.

EL EJE Y LOS BUEYES

Arrastraba una yunta de bueyes un carretón; chirriaba el eje y aquéllos se volvieron: amigo –le dijeron–, ¿llevamos nosotros la carga y eres tú quien te quejas?

Asimismo vemos a muchos que se fingen cansados cuando son los demás los que trabajan.

TRES BUEYES Y UN LEÓN

Pastaban siempre juntos tres bueyes. Quería un león devorarlos, pero su unión se lo impedía. Entonces recurrió a enfadarlos entre sí con pérfidas palabras, y los separó unos de otros. Luego, encontrándolos separados, los devoró uno tras otro.

Si en verdad deseas vivir seguro, desconfía de tus enemigos, ten confianza en tus amigos y procura no perderlos.

HÉRCULES Y EL BOYERO

Conduciendo un boyero hacia una aldea una carreta, ésta se despeñó a un barranco profundo, y en lugar de ayudar a los bueyes a salir del mal paso, permanecía allí cruzado de brazos, invocando entre todos los dioses a Hércules, por quien sentía mayor devoción. Hércules entonces se le apareció y le dijo:

—¡Echa mano a una rueda, hostiga a tus bueyes y no invoques a los dioses sino esforzándote tú mismo! Si así no lo haces, los invocarás en vano.

BÓREAS Y EL SOL

Bóreas[3] y el Sol disputaban sobre su fuerza respectiva y decidieron conceder la palma al que despojara a un viajero de sus vestidos.

Bóreas púsose el primero, soplando con violencia; apretó el hombre contra sí sus ropas, y Bóreas le asaltó con más fuerza; pero el hombre, molesto por el frío, se colocó otro vestido. Bóreas, vencido, se lo entregó al Sol.

Éste empezó a lucir suavemente, y el hombre se despojó de su segundo vestido, luego le envió el Sol sus rayos más ardientes, hasta que el hombre, no pudiendo resistir más el calor, se quitó sus ropas para ir a bañarse en el río vecino.

Esta fábula enseña que la persuasión es más eficaz que la violencia.

---

[3] Bóreas; viento del Norte.

EL LEÓN Y EL BOYERO

Un boyero que tenía paciendo un rebaño de bueyes perdió un ternero. Buscándolo, recorrió las cercanías, sin encontrarlo. Entonces prometió a Zeus sacrificarle un cabrito si descubría al ladrón.

Habiendo penetrado en un bosque, vio a un león comiéndose al ternero; levantó aterrado las manos al cielo y exclamó:

—¡Oh Zeus soberano, antes te hice la promesa de inmolarte un cabrito si encontraba al ladrón; pero ahora te sacrificaré un toro si consigo escapar de las garras del león!

Puede aplicarse esta fábula a aquellos que padecen alguna desgracia: llenos de apuro, desean hallar un remedio, y una vez que lo han encontrado tratan de inhibirse.

EL MURCIÉLAGO Y EL JILGUERO

Un jilguero encerrado en una jaula colgada en una ventana cantaba de noche. Oyó un murciélago su voz desde lejos y, acercándose a él, le preguntó por qué enmudecía de día y cantaba por la noche.

—No es sin motivo –repuso–, porque de día cantaba cuando me cogieron; pero desde entonces me hice prudente.

—¡Pues no es ahora cuando debías serlo, porque ya es inútil, sino antes de haberte cogido! –replicó el murciélago.

Enseña esta fábula que, llegada la desgracia, de nada sirve quejarse.

LA GATA Y AFRODITA

Enamorada una gata de un hermoso joven, rogó a Afrodita que la cambiara en mujer. La diosa, compadecida de su pasión, la transformó en una graciosa muchacha, y entonces el joven, prendado de ella, la llevó a su casa.

Hallándose los dos descansando en la alcoba nupcial, quiso saber Afrodita si al cambiar de cuerpo la gata había mudado también de carácter, y soltó un ratón en el centro de la alcoba. Olvidando la gata su condición presente, levantóse del lecho y persiguió al ratón para comérselo. Entonces la diosa, indignada contra ella, la volvió a su primer estado.

De igual modo los hombres de naturaleza malvada, aunque cambien de estado no mudan de carácter.

LA COMADREJA Y LA LIMA

Deslizóse una comadreja en el taller de un herrero y púsose a lamer la lima que allí se encontraba. Al cabo de un rato su lengua arrojaba sangre en abundancia, y la comadreja partió muy contenta pensando que había arrancado alguna cosa al hierro, cuando se había destrozado la lengua.

Alude esta fábula a aquellos que irritando a los demás se dañan a sí mismos.

EL ANCIANO Y LA MUERTE

Un día un anciano, después de cortar la leña, la cargó a su espalda. Largo era el camino que le quedaba. Fatigado por la marcha, soltó la carga y llamó a la Muerte. Ésta se presentó y le preguntó por qué la llamaba; contestó el viejo:

—Para que me ayudes a cargar la leña...

Demuestra esta fábula que todos los hombres se aferran a la vida aun cuando arrastren una existencia miserable.

EL LABRADOR Y EL ÁGUILA

Encontró un labrador un águila presa en un cepo, y, seducido por su belleza, la soltó y le dio la libertad. El águila, que no fue ingrata con su bienhechor, viéndole sentado al pie de un muro que amenazaba ruina, voló hasta él y le arrebató con sus garras la cinta con que se ceñía la cabeza. Alzóse el hombre para perseguirla. El águila dejó caer la cinta; recogióla el labriego, y al volver sobre sus pasos halló desplomado el muro en el lugar donde antes estaba sentado, quedando muy sorprendido de haber sido pagado así por el águila.

Debemos devolver los favores recibidos.

EL LABRADOR Y LOS PERROS

Aprisionó el mal tiempo a un labrador en su cuadra. No pudiendo salir para buscar comida, empezó por devorar a sus carneros; luego, como el mal tiempo seguía, comió también las cabras; y, en fin, como no paraba el temporal, acabó con sus propios bueyes. Viendo entonces los perros lo que pasaba, dijéronse entre ellos:

—¡Larguémonos de aquí, pues si el amo ha sacrificado los bueyes que trabajaban con él, a nosotros no nos perdona!

Enseña esta fábula que debemos guardarnos muy en particular de aquellos que no temen hacer daño a los que están más cerca de ellos.

EL LABRADOR Y LA SERPIENTE

Una serpiente se acercó arrastrándose adonde estaba el hijo de un labrador, y lo mató. Sintió el labrador un dolor terrible y, cogiendo un hacha, púsose en acecho junto al nido de la serpiente, dispuesto a matarla tan pronto como saliera.

Asomó la serpiente la cabeza y el labrador abatió su hacha, pero erró el golpe, partiendo en dos la vecina piedra. Temiendo después la venganza de la serpiente, dispúsose a reconciliarse con ella; mas ésta repuso:

—Ni yo puedo alimentar hacia ti buenos sentimientos viendo el hachazo de la piedra, ni tú hacia mí contemplando la tumba de tu hijo.

Enseña esta fábula que los grandes odios no se prestan a reconciliaciones.

EL LABRADOR Y LA VÍBORA

Llegado el invierno, un labrador encontró una víbora helada por el frío. Apiadado de ella, la recogió y la guardó en su pecho. Reanimada por el calor, la víbora recobró sus sentidos y mató a su bienhechor, el cual, sintiéndose morir, exclamó:

—¡Bien me lo merezco por haberme compadecido de un ser malvado!

Enseña esta fábula que la maldad no se modifica aunque se le testimonien buenos sentimientos.

EL LABRADOR Y SUS HIJOS

A punto de acabar su vida, quiso un labrador dejar experimentados a sus hijos en la agricultura. Así, les llamó y les dijo:

—Hijos míos: voy a dejar este mundo; buscad lo que he escondido en la viña, y lo hallaréis todo.

Creyendo sus descendientes que había enterrado un tesoro, después de la muerte de su padre removieron profundamente el suelo de la viña. Tesoro no hallaron ninguno, pero la viña, tan bien removida, centuplicó su fruto.

Enseña esta fábula que el trabajo es un tesoro para los hombres.

EL LABRADOR Y LA FORTUNA

Removiendo un labrador con su pala el suelo, encontró un paquete de oro. Todos los días, pues, ofrendaba a la Tierra una corona, creyendo que era a ésta a quien le debía tan gran favor. Pero se le apareció la Fortuna y le dijo:

—Oye amigo: ¿por qué agradeces a la Tierra los dones que yo te he dado para enriquecerte? Si los tiempos cambian y el oro pasa a otras manos, entonces echarás la culpa a la Fortuna.

Nos enseña esta fábula que debemos reconocer al que nos beneficia y estarle agradecidos.

EL LABRADOR Y EL ÁRBOL

En el campo de un labriego había un árbol estéril que únicamente servía de refugio a los gorriones y a las cigarras ruidosas.

El labrador, viendo su esterilidad, se dispuso a abatirlo y descargó contra él su hacha. Suplicáronle los gorriones y las cigarras que no abatiera su asilo, para que en él pudieran cantar y agradarle a él mismo. Mas sin hacerles caso, le asestó un segundo golpe, luego un tercero. Rajado el árbol, dio con un panal de abejas y gustó su miel, con lo que arrojó el hacha, honrando y cuidando desde entonces el árbol con gran esmero, como si fuera sagrado.

Esto demuestra que los hombres, por naturaleza, sienten menos amor y respeto por la justicia que afán por el beneficio.

LOS HIJOS DEL LABRADOR DESAVENIDOS

Los hijos de un labrador vivían en discordia. Sus exhortaciones eran inútiles para hacerles mudar de sentimientos, por lo cual resolvió darles una lección con la experiencia.

Les llamó y les dijo que le llevaran una gavilla de varas. Cumplida la orden, dioles las varas en haz y les dijo que las rompieran; mas, a pesar de todos sus esfuerzos no lo consiguieron. Entonces deshizo el haz y les dio las varas una a una; los hijos las rompieron fácilmente.

—¡Ahí tenéis! –díjoles el padre–. Si también vosotros, hijos míos, permanecéis unidos, seréis invencibles ante vuestros enemigos; pero estando divididos seréis vencidos con facilidad.

Muestra esta fábula que tanto como la concordia es superior por su fuerza, así la discordia es fácil de vencer.

LA VIEJA Y EL MÉDICO

Una vieja enferma de la vista llamó, con promesa de salario, a un médico. Éste se presentó en su casa, y cada vez que le aplicaba el ungüento no dejaba, mientras la vieja tenía los ojos cerrados, de robarle los muebles uno a uno.

Cuando ya no quedaba nada, terminó también la cura, y el médico reclamó el salario convenido. Se negó a pagar la vieja, y aquél la llevó ante los jueces. La vieja declaró que, en efecto, le había prometido el salario si le curaba la vista, pero que su estado, después de la cura del médico, había empeorado.

—Porque antes –dijo– veía todos los muebles que había en mi casa, y ahora no veo ninguno.

Los malvados no piensan que su avaricia deja contra ellos la prueba de su delito.

LA MUJER Y EL MARIDO BORRACHO

Tenía una mujer un marido borracho. Para librarle de este vicio imaginó la siguiente treta:

Esperando el momento en que su marido se quedaba insensible como un muerto a causa de la embriaguez, cargó con él sobre sus espaldas, lo llevó al cementerio y allí le dejó. Cuando juzgó que ya se le había pasado la mona, volvió y llamó a la puerta del cementerio.

—¿Quién llama así? –dijo el borracho.

—Soy yo, que traigo la comida a los muertos –contestó la mujer.

—No me traigas comida; prefiero que me traigas de beber –replicó el borracho.

Y la mujer, golpeándose el pecho, exclamó:

—¡Qué desdichada soy! Ni siquiera mi treta ha hecho sobre ti el menor efecto, marido mío, pues no sólo no te has corregido, sino que te has agravado, convirtiéndose tu vicio en una segunda naturaleza.

Muestra esta fábula que no conviene acostumbrarse a la mala conducta, porque llega un momento en que, queriendo o sin querer, el hábito se impone al hombre.

LA VIUDA Y LAS CRIADAS

Una viuda muy laboriosa tenía unas jóvenes criadas a las que despertaba por la noche al canto del gallo para empezar el trabajo. Ellas, extenuadas siempre de fatiga, resolvieron matar el gallo de la casa por ser él a sus ojos el causante de su desgracia, puesto que despertaba a su señora antes de abrir el día.

Mas ejecutado el propósito se encontraron con que habían agravado su mal, porque su señora, no teniendo el gallo que le indicaba la hora, las hacía levantar antes para ir al trabajo.

Esta fábula enseña que para muchos sus propias resoluciones son la causa de sus males.

LA MUJER Y LA GALLINA

Una mujer viuda tenía una gallina que le ponía un huevo todos los días. Pensó que si le daba más cebada pondría dos huevos, y aumentó su ración. Pero la gallina engordó y ya no pudo ni poner una vez al día.

Enseña esta fábula que quien busca por avaricia poseer más de lo que tiene, pierde incluso lo que poseía.

LA BRUJA

Una bruja tenía como profesión vender encantamientos y fórmulas para aplacar la cólera de los dioses; no le faltaban clientes y ganaba de este modo ampliamente la vida. Pero fue acusada por ello de violar la religión, y, llevada ante los jueces, sus acusadores la hicieron condenar a muerte.

Viéndola salir del tribunal, un quídam le dijo:

—Tú, bruja que decías poder desviar la cólera de los dioses, ¿cómo no has podido persuadir a los hombres?

Podría aplicarse esta fábula a quien, como la bruja, promete maravillas y es incapaz de hacer las cosas ordinarias.

EL BUEY Y LA BECERRA

Al ver al buey trabajando, una becerra se condolió de su suerte. Pero llegó una solemnidad religiosa y, mientras al buey se le desuncía, cogieron a la becerra para degollarla en sacrificio.

Viendo lo cual el buey sonrió y dijo:

—Mira, becerra, por qué tú no tenías que trabajar: ¡es que te guardaban para inmolarte muy pronto!

Muestra esta fábula cómo acecha el peligro al ocioso.

EL CAZADOR MIEDOSO Y EL LEÑADOR

Buscando un cazador la pista de un león, preguntó a un leñador si había visto los pasos de la fiera y dónde tenía su cubil.

—Te enseñaré el león mismo –dijo el leñador.

—No, no busco el león, sino sólo la pista –repuso el cazador pálido de miedo y castañeteando los dientes.

Enseña esta fábula a conocer a los cobardes y atrevidos; quiero decir, atrevidos en palabras y cobardes en actos.

EL CERDO Y LOS CARNEROS

Entrometido un cerdo en un rebaño de carneros, pacía con éstos. Un día le cogió el pastor, y púsose a gruñir y forcejear. Los carneros le reconvenían por gritar, diciéndole:

—También a nosotros nos echa mano constantemente y no nos quejamos.

—Sí –replicó el cerdo–, pero no es con el mismo fin; porque a vosotros os echa mano por vuestra lana, mientras que a mí lo hace por mi carne.

Muestra esta fábula que sólo tienen razón de quejarse aquellos que estén en peligro de perder, no el dinero, sino la vida.

LOS DELFINES, LA BALLENA Y LA CABALLA

Delfines y ballenas libraban entre sí una batalla. Como la lucha se prolongaba con encarnizamiento, una caballa (que es un pez pequeño) salió a la superficie y quiso reconciliarlos. Pero un delfín tomó la palabra y dijo:

—Nos humilla menos combatirnos y morir los unos por los otros, que tenerte a ti por mediador.

Asimismo algunos hombres sin valor, en tiempos de trastornos públicos, se imaginan ser personajes.

EL ORADOR DEMADES

El orador Demades hablaba un día al pueblo de Atenas, mas como no prestaban mucha atención a su discurso, pidió que le permitieran contar una fábula de Esopo. Concedida la demanda, empezó de este modo:

—Demeter, la golondrina y la anguila viajaban juntas un día; llegaron a la orilla de un río; la golondrina se elevó en el aire, la anguila desapareció en las aguas... –y aquí se detuvo el orador.

—¿Y Demeter? –le gritaron–. ¿Qué hizo?

—Demeter[4] montó en cólera contra vosotros –replicó– porque descuidáis los asuntos del Estado para entreteneros con las fábulas de Esopo.

Esto sucede entre los hombres: que no tienen juicio aquellos que descuidan las cosas necesarias y prefieren las que les proporcionan placer.

DIÓGENES Y EL CALVO

Diógenes, el filósofo cínico, insultado por un hombre que era calvo, replicó:

—¡Los dioses me libren de responderte con insultos! ¡Al contrario, alabo los cabellos que han abandonado ese cráneo pelado!

---

[4] Demeter o Ceres, hermana de Júpiter, diosa de las cosechas.

DIÓGENES, DE VIAJE

Yendo de viaje, Diógenes el cínico llegó a la orilla de un río torrencial y se detuvo perplejo. Un hombre acostumbrado a hacer pasar a la gente el río, viéndole indeciso, se acercó a Diógenes, lo subió sobre sus hombros y lo pasó complaciente a la otra orilla.

Quedó allí Diógenes, reprochándose su pobreza que le impedía pagar a su bienhechor. Y estando pensando en ello, advirtió que el hombre, viendo a otro viajero que tampoco podía pasar el río, fue a buscarlo y lo transportó igualmente. Entonces Diógenes se acercó al hombre y le dijo:

—No tengo que agradecerte ya tu servicio, pues veo que no lo haces por razonamiento, sino por manía.

Enseña esta fábula que sirviendo lo mismo a un cualquiera que a un hombre de mérito, nos exponemos a pasar, no por serviciales, sino por hombres sin discernimiento.

ZEUS Y LOS ROBLES

Quejábanse los robles a Zeus en estos términos:

—En vano vemos la luz, pues estamos expuestos, más que todos los demás árboles, a los golpes brutales del hacha.

—Vosotros mismos sois los autores de vuestra desgracia –respondió Zeus–; si no dierais la madera para fabricar los mangos, las vigas y los arados, el hacha os respetaría.

Ciertos hombres, autores de sus propios males, echan la culpa neciamente a los dioses.

LOS LEÑADORES Y EL PINO

Hendían unos hacheros un pino, y lo hacían con gran facilidad gracias a las cuñas que habían fabricado con su propia madera. Y el pino les dijo:

—No odio tanto al hacha que me corta como a las cuñas nacidas de mí mismo.

No duele tanto sufrir la violencia de los extraños como la de los propios.

EL ABETO Y EL ESPINO

Disputaban entre sí el abeto y el espino. Se jactaba el abeto diciendo:

—Soy hermoso, esbelto y alto, y sirvo para construir las naves y los techos de los templos. ¿Cómo tienes la osadía de compararte a mí?

—¡Si recordaras –replicó el espino– las hachas y las sierras que te cortan, preferirías la suerte del espino!

No hay que enorgullecerse en la vida de la reputación, pues la vida de los humildes, en cambio, está libre de peligros.

EL CIERVO, EL MANANTIAL Y EL LEÓN

Agobiado por la sed, llegó un ciervo a un manantial. Después de beber, vio su sombra en el agua. Al contemplar su hermosa y variada cornamenta, sintióse orgulloso, pero quedó descontento de sus piernas débiles y finas. Sumido aún en estos pensamientos, apareció un león que empezó a perseguirlo. Echó a correr y le ganó una gran distancia, pues la fuerza de los ciervos está en sus piernas y la del león en su corazón.

Mientras el campo fue liso, el ciervo guardó la ventaja que le salvaba; pero al entrar en el bosque sus cuernos se engancharon a las ramas y, no pudiendo escapar, fue atrapado por el león. A punto de morir, exclamó para sí mismo:

—¡Desdichado! Mis pies, que pensaba me traicionaban, eran los que me salvaban, y mis cuernos, en los que ponía toda mi confianza, son los que me pierden.

Frecuentemente, viéndonos en peligro, los amigos de quienes desconfiamos nos salvan, y aquellos con quienes contamos firmemente son los que nos traicionan.

LA CIERVA Y LA VIÑA

Una cierva perseguida por los cazadores se refugió bajo una viña. Pasaron los cazadores, y la cierva, creyéndose muy bien escondida, empezó a mordisquear las hojas de la viña. Viendo remover las hojas, los cazadores que volvían pensaron, y era cierto, que allí había un animal oculto, y mataron con sus flechas a la cierva. Ésta, viéndose morir, pronunció estas palabras.

—¡Me lo he merecido, pues no debí hacer daño a quien me había salvado!

Enseña esta fábula que aquellos que perjudican a sus bienhechores son castigados por el cielo.

LA CIERVA Y EL LEÓN EN UNA GRUTA

Una cierva perseguida por unos cazadores llegó a la entrada de una gruta donde moraba un león; entrando en ella para esconderse, cayó en las garras del león, y mientras éste la mataba, exclamó:

—¡Desdichada! Huyendo de los hombres, he caído entre las garras de un animal feroz.

Del mismo modo, los hombres, por el temor de un peligro pequeño se precipitan muchas veces en otro mucho mayor.

LA CIERVA TUERTA

Una cierva a la que faltaba un ojo pacía a orillas del mar, volviendo el ojo intacto hacia la tierra para vigilar la llegada de cazadores, y el ojo mutilado hacia el mar, de donde no esperaba ningún peligro.

Mas he aquí que unas gentes navegaban por este lugar y, viendo a la cierva, la abatieron con sus dardos. Al rendir el alma, la cierva dijo para sí:

—¡Infeliz de mí! Vigilaba la tierra, que creía llena de peligros, y el mar, en quien creía encontrar un refugio, me ha sido mucho más funesto.

Igualmente, nuestra esperanza es a menudo engañada: las cosas que creíamos adversas nos favorecen, y las que considerábamos beneficiosas nos perjudican.

EL CABRITO Y EL LOBO

Desde el interior de una casa, un cabrito vio pasar a un lobo y empezó a insultarlo, burlándose de él. El lobo repuso:

—¡Infeliz! No eres tú el que me insulta, sino el sitio en que te encuentras.

Enseña esta fábula que a menudo son la ocasión y el lugar quienes dan la audacia para mostrarse arrogante con los poderosos.

EL CABRITO Y EL LOBO FLAUTISTA

Quedóse un cabrito atrás del rebaño y vio que le perseguía un lobo. Volvióse hacia éste y le dijo:

—Ya sé, ¡oh lobo!, que estoy condenado a servirte de comida; mas, para no morir sin honor, toca la flauta y yo bailaré.

En tanto que el lobo tocaba la flauta y el cabrito bailaba, los perros oyeron el ruido y salieron en persecución del lobo; éste, volviéndose, dijo al cabrito:

—Me está muy bien empleado, porque siendo carnicero no debía meterme a flautista.

Del mismo modo, cuando hacemos alguna cosa sin tener en cuenta las circunstancias, perdemos hasta lo que tenemos en la mano.

HERMES Y EL ESCULTOR

Quiso Hermes[5] saber hasta dónde le estimaban los hombres, y, tomando la figura de un mortal, se presentó en el taller de un escultor. Viendo una estatua de Zeus, preguntó cuánto valía.

—Un dracma –le respondieron.

Sonrió y volvió a preguntar:

—¿Y la estatua de Hera, cuánto?

—Vale más –le dijeron.

Viendo luego una estatua que le representaba a él mismo, pensó que, siendo al propio tiempo el mensajero de Zeus y el dios de las ganancias, estaría muy considerado entre los hombres; por lo que preguntó su precio. El escultor contestó:

—Si compras las otras dos, te regalaré ésta.

Sirve esta fábula para un vanidoso que no goza de ninguna consideración entre los demás.

HERMES Y LA TIERRA

Modeló Zeus al hombre y a la mujer y encargó a Hermes que los bajara a la tierra para enseñarles dónde tenían que cavar el suelo a fin de procurarse alimentos.

Cumplió Hermes el encargo; la Tierra, al principio, se resistió; pero Hermes insistió, diciendo que era una orden de Zeus.

—Está bien –dijo la Tierra–; que caven todo lo

---

[5] Hermes, o Mercurio, dios de las artes, del comercio. Hera, o Juno, mujer de Zeus.

que quieran. ¡Ya me lo pagarán con sus lágrimas y lamentos!

Aplícase esta fábula a los que se entrampan con facilidad y se libran de sus deudas con esfuerzo.

HERMES Y TIRESIAS

Hermes quiso comprobar si el arte adivinatorio de Tiresias era verdadero; para lo cual le robó sus bueyes en el campo y luego, con la figura de un mortal, se fue a la ciudad y entró en casa de Tiresias.

Cuando supo la pérdida de su yunta, Tiresias se trasladó a las afueras con Hermes para observar un augurio en el vuelo de las aves, rogando a Hermes le dijera el pájaro que apareciese. Hermes vio un águila que pasaba volando de izquierda a derecha y se lo dijo. Respondió Tiresias que ese pájaro no le importaba. A la segunda vez, vio el dios una corneja encaramada en un árbol que ora alzaba los ojos al cielo, ora se inclinaba hacia la tierra, y así se lo dijo. Entonces el adivino contestó:

—¡Esa corneja jura por el cielo y por la tierra que depende de ti que vuelva a encontrar mis bueyes!

Podría aplicarse esta fábula a un ladrón.

HERMES Y LOS ARTESANOS

Zeus encargó a Hermes que vertiera a todos los artesanos el veneno de la mentira. Así lo hizo Hermes, machacando el veneno y dividiéndolo en partes iguales. Mas cuando ya no quedaba más que el zapatero, pero aún tenía mucho veneno, cogió el mortero y lo volcó todo encima de aquél. Desde entonces todos los artesanos son unos embusteros, pero el zapatero más que ninguno.

Se aplica esta fábula a un hombre que sólo dice mentiras.

LA CARRETA DE HERMES Y LOS ÁRABES

Conducía Hermes un día por toda la tierra una carreta cargada de mentiras, engaños y trapacerías, distribuyendo en cada país una pequeña cantidad de su cargamento. Mas al llegar al país de los árabes, la carreta, según dicen, se atascó de pronto, y los árabes, como si se tratara de una carga preciosa, saquearon el contenido de la carreta, sin dejar a Hermes seguir a los otros pueblos.

Los árabes son más mentirosos y trapaceros que ningún pueblo; su lengua, en efecto, no conoce la verdad.

EL EUNUCO Y EL SACERDOTE

Un eunuco fue en busca de un sacerdote y le pidió que hiciera un sacrificio en su favor a fin de que pudiera ser padre. Y el sacrificador le dijo:

—Observando el sacrificio, pido que tú seas padre; pero viendo tu persona, ni siquiera me pareces un hombre.

LOS DOS ENEMIGOS

Dos hombres que se odiaban entre sí navegaban en la misma nave, uno sentado en la proa y otro en la popa. Surgió una tempestad, y hallándose el barco a punto de hundirse, el hombre que estaba en la popa preguntó al piloto que cuál era la parte de la nave que se hundiría primero.

—La proa –dijo el piloto.

—Entonces –repuso este hombre– no espero la muerte con tristeza, porque veré a mi enemigo morir antes que yo.

Indica esta fábula que muchos hombres no se inquietan del daño que reciban con tal de ver a sus enemigos sufrir antes que ellos.

LA VÍBORA Y LA ZORRA

Arrastraba la corriente de un río a una víbora enroscada en un manojo de espinas. Una zorra que pasaba la vio y exclamó:

—¡Tal barco, tal piloto!

Se dirige esto a un malvado entregado a perversas empresas.

LA VÍBORA Y LA LIMA

Entró una víbora en el taller de un herrero, pidiendo una caridad a las herramientas. Después de recibirla de todas, se acercó a la lima y le suplicó que le diera alguna cosa.

—¡Bien engañada estás —repuso la lima— si crees que sacarás algo de mí, que tengo la costumbre, no de dar, sino de tomar algo a todos!

Hace ver esta fábula que es una necedad esperar que se pueda obtener algún provecho de los avaros.

LA VÍBORA Y LA CULEBRA DE AGUA

Una víbora acudía con regularidad a beber a un manantial, y una culebra de agua que en él habitaba trataba de impedirlo, indignada de que la víbora, no contenta con reinar en su campo, invadiese su dominio. A tal punto llegó la diferencia, que convinieron en librar un combate: la que consiguiera la victoria entraría en posesión de la tierra y del agua.

Quedó fijado el día, y las ranas, por odio a la culebra, fueron a ver a la víbora, excitándola y prometiéndole que se pondrían de su lado. Empezó el combate; la víbora luchaba contra la culebra, y las ranas, no pudiendo hacer otra cosa, lanzaban grandes gritos.

Ganó la víbora y llenó de reproches a las ranas, que le habían prometido luchar a su lado, y durante la batalla, en lugar de ayudarla, no habían hecho más que dar gritos. Las ranas respondieron:

—Querida compañera: nuestra ayuda no consiste en los brazos, sino en las voces.

Enseña esta fábula que cuando tenemos necesidad de brazos, el auxilio en palabras no sirve de nada.

ZEUS Y EL PUDOR

Cuando Zeus modeló al hombre, le dotó en el acto de todas las inclinaciones, pero olvidó dotarle del pudor. No sabiendo por dónde introducirlo, le ordenó que entrara por detrás. El pudor se revolvió contra la orden de Zeus, mas al fin, ante sus ruegos apremiantes, dijo:

—Está bien, entraré; pero a condición de que Eros no entre por allí; si entra él, yo saldré en seguida.

De aquí procede que todos los corrompidos no conozcan el pudor.

Enseña la fábula que aquellos que son presa de Eros pierden todo pudor.

ZEUS Y LA ZORRA

Admirado Zeus de la inteligencia y finura de la zorra, le confirió el reinado sobre los animales. Quiso, no obstante, saber si al cambiar de fortuna había mudado también de inclinaciones, y, hallándose el nuevo rey de paseo en su litera, dejó caer un escarabajo ante sus ojos. Entonces la zorra, incapaz de contenerse, viendo al escarabajo revolotear alrededor de su litera, saltó fuera de ésta y, despreciando las conveniencias, intentó atrapar al escarabajo. Indignado Zeus de su conducta, volvió a la zorra a su antiguo estado.

Enseña esta fábula que no vale que un cualquiera adopte maneras muy brillantes, porque su naturaleza no muda.

ZEUS Y LOS HOMBRES

Zeus, después de modelar a los hombres, encargó a Hermes que les distribuyera la inteligencia. Hermes partió la inteligencia en partes iguales y vertió a cada uno la suya. Sucedió con esto que los hombres de poca estatura, llenos por su porción, fueron hombres sesudos, mientras que a los hombres de gran talla, debido a que la porción no llegaba a todas las partes de su cuerpo, les correspondió menos inteligencia que a los otros.

Aplícase la fábula a un hombre de mucha corpulencia, pero falto de espíritu.

ZEUS Y APOLO

Disputaban Zeus y Apolo sobre el tiro al arco. Tendió Apolo el suyo y disparó su flecha; pero Zeus extendió la pierna tan lejos como había Apolo lanzado su flecha.

Sucede que cuando disputamos con rivales más fuertes que nosotros, además de que no los alcanzamos, nos exponemos a la burla.

ZEUS Y LA SERPIENTE

Anunciadas las bodas de Zeus, todos los animales le honraron con presentes, cada uno según sus medios. La serpiente subió hasta Zeus arrastrándose, con una rosa en la boca. Mas al verla dijo Zeus:

—De todos acepto sus presentes, pero no los quiero de tu boca.

Enseña esta fábula que deben temerse las sonrisas de los malvados.

ZEUS Y EL TONEL DE LOS BIENES

Encerró Zeus todos los bienes en un tonel, dejándolo entre las manos de un hombre. Este hombre, que era un curioso, levantó la tapa del tonel porque quería saber lo que había dentro, y todos los bienes volaron hacia los dioses.

La fábula enseña que sólo la esperanza quedó entre los hombres, prometiéndoles los bienes desaparecidos.

ZEUS, PROMETEO, ATENEA Y MOMO

Zeus hizo un toro, Prometeo un hombre, Atenea una casa, y llamaron a Momo como juez. Momo, celoso de sus obras, empezó por decir que Zeus había cometido un error al no colocar los ojos del toro en los cuernos, a fin de que pudiera ver dónde hería, y Prometeo otro al no suspender el corazón del hombre fuera de su pecho para que la maldad no estuviera escondida y todos pudieran ver lo que hay en el espíritu. En cuanto a Atenea, que debía haber colocado su casa sobre ruedas, con objeto de que si un malvado se instalaba en la vecindad, sus moradores pudieran trasladarse fácilmente. Zeus, indignado por su envidia, le arrojó del Olimpo.

Enseña esta fábula que nada hay tan perfecto que no se preste a la crítica.

ZEUS Y LA TORTUGA

Para celebrar sus bodas, Zeus invitó a todos los animales. Sólo faltó la tortuga. Intrigado por su ausencia, le preguntó al día siguiente:

—¿Cómo tú sola entre todos los animales no viniste a mi festín?

—¡Hogar familiar, hogar ideal! –respondió la tortuga.

Zeus, indignado contra ella, la condenó a llevar eternamente su casa a cuestas.

Muchos prefieren vivir simplemente en su propia casa a comer ricamente en mesa ajena.

ZEUS, JUEZ

Decidió en pasados tiempos Zeus que Hermes grabase en conchas las faltas de los hombres, depositando estas conchas a su lado en un cofre para hacer justicia a cada uno. Pero las conchas se mezclan, y unas pasan antes que otras por manos de Zeus para sufrir sus justas sentencias.

Esta fábula enseña que no debemos extrañarnos si los malvados y los malhechores no reciben más pronto el castigo de sus crímenes.

EL SOL Y LAS RANAS

Llegó el verano y se celebraban las bodas del Sol. Regocijábanse todos los animales del acontecimiento, faltando poco para que también las ranas fueran de la partida; pero una de ellas exclamó:

—¡Insensatas! ¿Qué motivo tenéis para regocijaros? Ahora que es él solo, seca todos los pantanos; si toma mujer y tiene un hijo como él, ¿qué nos quedará por sufrir?

Muchos hombres de sesos ligeros se alegran de cosas que no tienen nada de divertidas.

LA MULA

Henchida de cebada, púsose una mula a saltar, diciendo para sí misma:

—Mi padre es un caballo veloz en la carrera, y yo me parezco en todo a él.

Pero llegó una ocasión en que la mula se vio obligada a correr; terminada la carrera, muy enfurruñada, se acordó de repente de su padre el asno. Enseña esta fábula que incluso cuando las circunstancias destacan a un hombre, no debe olvidar su origen, pues nuestra existencia es sólo incertidumbre.

HÉRCULES Y ATENEA

Avanzaba Hércules a lo largo de un estrecho camino. Vio por tierra un objeto parecido a una manzana e intentó aplastarlo. El objeto duplicó su volumen. Al ver esto, Hércules lo pisó con más violencia todavía, golpeándole además con su maza. Pero el objeto siguió creciendo, cerrando con su gran volumen el camino. El héroe lanzó entonces su maza, y quedó plantado presa del mayor asombro.

En esto se le apareció Atenea y le dijo:

—Escucha, hermano; este objeto es el espíritu de la disputa y de la discordia; si se le deja tranquilo, permanece como estaba al principio; pero si se le combate, ¡mira cómo se hincha!

Enseña esta fábula que las discordias y las luchas son causa de grandes males.

HÉRCULES Y PLUTÓN

Recibido Hércules entre los dioses y admitido a la mesa de Zeus, saludaba con mucha cortesía a cada uno de los dioses. Llegó Plutón el último, y Hércules, bajando la vista al suelo, se alejó de él.

Sorprendido Zeus de su actitud, le preguntó por qué apartaba los ojos de Plutón después de haber saludado amablemente a todos los dioses.

—Porque –contestó Hércules– en los tiempos en que yo me encontraba entre los hombres, casi siempre le veía en compañía de los bribones; por eso aparto la mirada de él.

Podría contarse esta fábula a propósito de un hombre enriquecido por la fortuna, pero de mal carácter.

EL SEMIDIÓS

Un hombre tenía en su casa un semidiós, al que ofrecía ricos sacrificios. Como no cesaba de gastar en estos sacrificios sumas considerables, el semidiós se le apareció por la noche y le dijo:

—Amigo mío, deja ya de dilapidar tu riqueza, porque si te gastas todo y luego te ves pobre, me echarás a mí la culpa.

Del mismo modo, muchas gentes que caen en la desgracia por su estupidez, cargan luego la culpa a los dioses

EL ATÚN Y EL DELFÍN

Viéndose un atún perseguido por un delfín, huía con gran estrépito. A punto de ser cogido, la violencia de su salto le arrojó, sin darse cuenta, sobre la orilla. Llevado del mismo impulso, también el delfín fue proyectado al mismo sitio. Se volvió el atún y vio al delfín exhalando el último suspiro.

—No me importa morir –dijo–, porque veo morir conmigo al causante de mi muerte.

Enseña esta fábula que sufrimos las desgracias con facilidad cuando las vemos compartidas por los que las causan.

EL MÉDICO IGNORANTE

Un médico ignorante trataba a un enfermo; los demás habían asegurado que, aunque no estaba en peligro, su mal sería de larga duración; únicamente el ignorante le dijo que tomara todas sus disposiciones porque no pasaría del día siguiente.

Al cabo de algún tiempo, el enfermo se levantó y salió, pálido y caminando con dificultad. Nuestro médico le encontró y le dijo:

—¿Cómo están, amigos, los habitantes del infierno?

—Tranquilos –contestó–, porque han bebido el agua del Leteo. Pero últimamente Hades y la Muerte proferían terribles amenazas contra los médicos porque no dejan morir a los enfermos, y a todos los apuntaban en su libro. Iban a apuntarte a ti también, pero yo me arrojé a sus pies jurándoles que no eras un verdadero médico y diciendo que te habían acusado sin motivo.[6]

Esta fábula escarnece a los médicos cuya ciencia se reduce a bellas palabras.

EL MÉDICO Y EL ENFERMO

Un médico tenía en tratamiento a un enfermo. Éste murió, y el médico decía a las personas del acompañamiento:

—Si este hombre se hubiera abstenido del vino y se hubiese puesto lavativas, no hubiera muerto.

—¡Amigo! –le contestaron–, no es ahora, que no sirve de nada, cuando tenías que haber dicho esto,

---

[6] El *agua del Leteo* o el agua del olvido; el Leteo es el río del olvido en los Infiernos; Hades o Plutón, el señor del mundo subterráneo, de la región infernal.

sino antes, cuando tu consejo podía haber sido de provecho!

Enseña esta fábula que hay que ayudar a los amigos cuando lo necesitan, y no hacerse el listo cuando sus asuntos están perdidos.

EL MILANO Y LA CULEBRA

Raptó un milano a una culebra, elevándose por los aires. La culebra se volvió y le mordió; ambos cayeron desde lo alto del aire a un precipicio, y el milano murió. Entonces dijo la culebra:

—¡Insensato! ¿Por qué has querido hacer mal a quien no te lo hacía? En justicia has sido castigado por haberme raptado.

Un hombre que llevado de sus deseos daña a otros más débiles que él, puede tropezar con uno más fuerte, y entonces expiará sin que lo espere todos los males que causó anteriormente.

EL MILANO QUE QUISO RELINCHAR

Tuvo el milano antiguamente otra voz, una voz penetrante. Pero oyó un día a un caballo que relinchaba admirablemente, y lo quiso imitar. Mas a pesar de repetir sus intentos, no logró adoptar exactamente la voz del caballo y perdió, además, su propia voz. Así se quedó sin la voz del caballo y sin su voz antigua.

Los seres vulgares y envidiosos ansían las cualidades contrarias a su naturaleza y pierden las que les corresponden.

EL CAZADOR DE PÁJAROS Y EL ÁSPID

Un cazador de pájaros cogió la liga y las ramitas untadas y partió para la caza. En el camino vio a un tordo encaramado en un árbol elevado y se propuso cazarlo, para lo cual ajustó las varitas como suelen hacerlo y, mirando fijamente, concentró en el aire toda su atención. Mientras alzaba la cabeza, no advirtió que pisaba con el pie un áspid dormido, el cual, revolviéndose, le mordió. Y el cazador, sintiéndose morir, exclamó para sí:

—¡Desdichado! Quise atrapar una presa, y no advertí que yo mismo me convertía en presa de la muerte.

Cuando fraguamos una emboscada a nuestro prójimo, somos los primeros en caer en la desgracia.

EL CABALLO VIEJO

Un caballo viejo fue vendido para dar vueltas a la piedra de un molino. Al verse atado a la piedra, exclamó sollozando:

—¡Después de las vueltas de las carreras, he aquí a qué vueltas me encuentro reducido!

No presumáis por la fuerza que da la juventud o el renombre. ¡Para cuántos la vejez se consume en penosos trabajos!

EL CABALLO, EL BUEY, EL PERRO Y EL HOMBRE

Cuando Zeus creó al hombre, sólo le concedió una vida corta. Pero el hombre, poniendo a contribución su inteligencia, al llegar el invierno edificó una casa y habitó en ella.

Un día en que el frío era muy crudo y la lluvia empezó a caer, no pudiendo el caballo aguantarse más, llegóse corriendo hasta el hombre y le pidió que le diera abrigo.

Díjole el hombre que sólo lo haría con una condición: que el caballo había de cederle una parte de los años que le correspondían. El caballo aceptó. Poco después se presentó el buey también: tampoco podía sufrir el mal tiempo. Contestóle el hombre lo mismo: que no le admitiría si no le dejaba cierto número de sus años; el buey cedió una parte y quedó admitido. El perro, en fin muriéndose de frío, se presentó también, y, cediendo una parte del tiempo que había de vivir, obtuvo un abrigo.

Y he aquí el resultado: cuando los hombres cumplen el tiempo que Zeus les dio, son puros y buenos; cuando llegan a los años que tienen del caballo, son intrépidos y orgullosos; cuando están en los del buey, se dedican a mandar; y cuando llegan al tiempo del perro, terminando su existencia, vuélvense irascibles y malhumorados.

Puede aplicarse esta fábula a un viejo refunfuñón e irritable.

EL CABALLO Y EL PALAFRENERO

Un palafrenero robaba y vendía la cebada de su caballo; mas, en cambio, pasaba el día entero limpiándole y almohazándole. El caballo le dijo:

—Si realmente me quieres ver hermoso, no vendas la cebada destinada a mi alimento.

Enseña esta fábula que los avariciosos entretienen a los incautos con sus palabras elocuentes y sus halagos, mientras les despojan hasta de lo necesario.

EL CABALLO Y EL ASNO

Tenía un hombre un caballo y un asno. Un día que ambos iban de camino, el asno le dijo al caballo durante el trayecto:

—Toma una parte de mi carga si te interesa mi vida.

El caballo se hizo el sordo y el asno cayó, agotado de fatiga, y murió allí mismo. Entonces el dueño echó toda la carga encima del caballo, incluso la piel del asno. Y el caballo dijo suspirando:

—¡Qué mala fortuna tengo! ¡Por no haber querido cargar con un ligero fardo, ahora tengo que cargar con todo, y la piel encima!

Enseña esta fábula que si los grandes hacen causa común con los pequeños, los dos aseguran de este modo su vida.

EL CABALLO Y EL SOLDADO

Un soldado, mientras duró la guerra, alimentó con cebada a su caballo, compañero de sus esfuerzos y peligros. Pero, acabada la guerra, el caballo fue empleado en trabajos serviles y para el transporte de pesados bultos, alimentándole únicamente con paja.

Al anuncio de una nueva guerra, y al son de la trompeta, el dueño del caballo lo aparejó, se armó y montó encima. Pero el caballo exhausto se caía a cada momento. Al fin, dijo a su amo:

—Vete ahora entre los infantes, puesto que de caballo me has convertido en asno. ¿Cómo quieres hacer de un asno un caballo?

No debemos olvidar, en los tiempos de calma y seguridad, las épocas de desgracia.

LA CAÑA Y EL OLIVO

Discutían la caña y el olivo sobre su resistencia, su fuerza y su firmeza. El olivo reprochaba a la caña su impotencia y su facilidad para ceder a todos los vientos. La caña guardó silencio. Pero el viento empezó a soplar con gran violencia. La caña, sacudida y doblada por el viento, salió indemne; en cambio el olivo, resistente a todos los vientos, fue roto por su violencia.

Enseña esta fábula que aquellos que ceden ante las circunstancias y la fuerza, llevan ventaja sobre los que resisten a los poderosos.

EL CAMELLO QUE ESTERCOLÓ EN EL RÍO

Atravesaba un camello un río de rápida corriente. Tuvo necesidad de estercolar, y vio en seguida su excremento arrastrado delante de él por la rapidez de la corriente.

—¡Cómo es esto! –exclamó–. ¡Lo que estaba detrás de mí, ahora lo veo pasar delante!

Tiene aplicación esta fábula en un Estado donde los últimos y los necios ocupan el lugar de los primeros y de los más sensatos.

EL CAMELLO, EL ELEFANTE Y EL MONO

Deliberaban los animales sobre la elección de un rey. El camello y el elefante se pusieron en fila disputándose los sufragios, pues esperaban ser preferidos a los demás, gracias a su tamaño y a su fuerza. Pero el mono los declaró a los dos inútiles para reinar.

—El camello –dijo–, porque no se encoleriza contra los malhechores, y el elefante porque debemos temer que pueda atacarnos un marrano, animal a quien teme el elefante.

Enseña esta fábula que muchas veces una causa insignificante cierra el paso a los grandes empleos.

ZEUS Y EL CAMELLO

El camello sintió envidia de los cuernos del toro y quiso obtener otros semejantes. Para lo cual fue a ver a Zeus, pidiéndole que le diera unos cuernos. Pero Zeus, indignado de que no se contentara con su gran tamaño y su fuerza, deseando más todavía, no sólo se negó a añadirle los cuernos, sino que encima le cortó una parte de las orejas.

Así muchos hombres que por avidez contemplan a otros con envidia, no advierten que pierden sus propios merecimientos.

EL CAMELLO BAILARÍN

Obligado un camello por su dueño a bailar, dijo:
—No sólo carezco de gracia bailando, sino andando también.

Puede contarse esta fábula a propósito de todo acto desprovisto de gracia.

EL CAMELLO VISTO POR PRIMERA VEZ

Cuando los hombres vieron el camello por primera vez, se asustaron y, aterrados por su gran tamaño, emprendieron la huida. Pero cuando con el tiempo se dieron cuenta de su natural inofensivo, se envalentonaron hasta acercarse a él. Luego, viendo poco a poco que el animal no conocía la cólera, llegaron a despreciarle hasta el punto de colocarle una brida, dándoselo a conducir a los niños.

Enseña esta fábula que la costumbre aplaca el temor que inspiran las cosas aterradoras.

LOS DOS ESCARABAJOS

Pacía un toro en una pequeña isla, y dos escarabajos se alimentaban de su boñiga. Llegado el invierno, uno de ellos dijo al otro que iba a cruzar al continente a fin de que su compañero tuviera comida suficiente, mientras él pasaría el invierno en tierra firme. Añadió que si encontraba comida en abundancia le traería a él también.

Cuando el escarabajo llegó al continente, encontró en él muchas y frescas boñigas, por lo que se estableció allí y se alimentó. Pasó el invierno y volvió a la isla. Al verlo su compañero gordo y rozagante, le reprochó que no le hubiera llevado nada, según lo prometido.

—No me culpes a mí –repuso–, sino a la naturaleza del lugar, porque se puede encontrar para vivir en él, pero imposible traer nada.

Podría aplicarse esta fábula a aquellos que llevan su amistad hasta la adulación de sus amigos, pero no más lejos, negándose a prestarles ningún servicio.

EL CANGREJO Y LA ZORRA

Un cangrejo salió del mar a la ribera, buscando su vida solitariamente. Le vio una zorra hambrienta y, como no tenía nada que llevarse a la boca, corrió hacia él y lo apresó. Entonces el cangrejo, a punto de ser devorado, exclamó:

—¡Merezco lo que me ocurre, porque, viviendo en el mar, he querido hacerme de la tierra!

Sucede lo propio con los hombres: aquellos que abandonan sus ocupaciones para entrometerse en los asuntos que no les atañen, caen naturalmente en la desgracia.

LA LANGOSTA Y SU MADRE

—¡No andes atravesada y no roces tus costados contra la roca mojada! –decía una langosta a su hija.

—Madre –repuso ésta–, tú, que quieres instruirme, camina derecha; yo te miraré y te imitaré.

Cuando reconvenimos a los demás, es conveniente que, antes del consejo, llevemos una vida y un camino rectos.

EL NOGAL

Un nogal que había crecido al pie de un camino y al cual los caminantes herían a pedradas, dijo para sí suspirando:

—¡Infeliz de mí que todos los años me atraigo injurias y dolores!

Alude esta fábula a aquellos que sólo obtienen desdichas de sus propios bienes.

EL CASTOR

El castor es un animal que vive en los pantanos. Sus partes sirven, según dicen, para curar ciertas enfermedades. Por eso cuando se ve descubierto y perseguido para cortarle las partes, sabiendo por qué le persiguen, huye hasta cierta distancia, sirviéndose de la rapidez de sus pies para conservarse intacto; pero cuando se ve perdido, él mismo corta sus partes, las arroja y salva de este modo su vida.

EL JARDINERO Y LAS HORTALIZAS

Un hombre se detuvo cerca de un jardinero que regaba sus legumbres, preguntándole por qué las legumbres silvestres crecían lozanas y vigorosas, y las cultivadas flojas y desnutridas.

—Porque la tierra –repuso el jardinero–, para unos es una madre y para otros una madrastra.

De igual modo, los niños criados por una madrastra no son criados como los que tienen su propia madre.

EL JARDINERO Y EL PERRO

El perro de un jardinero había caído en un pozo. El jardinero, por salvarlo, descendió también. Creyendo el perro que bajaba para hundirlo más todavía, se volvió y le mordió. El jardinero, sufriendo con la herida, volvió a salir del pozo, diciendo:

—Me está muy bien empleado; ¿quién me llamaba para salvar a un animal que quería suicidarse?

Se aplica esta fábula a los hombres injustos e ingratos.

EL TOCADOR DE CÍTARA

Un tocador de cítara sin talento cantaba desde la mañana a la noche en una casa con las paredes muy bien estucadas. Como las paredes le devolvían el eco, se imaginó que tenía una voz magnífica, y de tal manera se lo creyó, que resolvió presentarse en el teatro; pero una vez en la escena cantó tan mal, que lo arrojaron a pedradas.

Del mismo modo, muchos oradores que en la escuela parecían tener algún talento, aún no han acabado de entrar en la carrera política y ya descubren su incapacidad.

EL TORDO

Un tordo picoteaba los granos en un bosquecillo de mirtos y, complacido por la dulzura de sus pepitas, no se decidía a abandonarlo. Un cazador de pájaros observó que el tordo se acostumbraba al lugar y lo cazó con liga. Entonces el tordo, viendo próximo su fin, dijo:

—¡Desgraciado! ¡Por el placer de comer me he privado de la vida!

Se aplica esta fábula al vicioso que se pierde por el placer.

LOS LADRONES Y EL GALLO

Entraron unos ladrones en una casa y sólo encontraron un gallo; se apoderaron de él y se marcharon.

A punto de ser inmolado por los ladrones, rogóles el gallo que le perdonaran, alegando que era útil a los hombres, despertándolos por la noche para ir a sus trabajos.

—Mayor razón para matarte –exclamaron los ladrones–, puesto que despertando a los hombres nos impides robar.

Muestra esta fábula que no hay nada que contraríe a los malvados como aquello que es útil para los hombres de bien.

EL ESTÓMAGO Y LOS PIES

El estómago y los pies discutían sobre su fuerza. Los pies repetían a cada momento que su fuerza era de tal modo superior, que incluso llevaban al estómago. A lo que éste respondió:

—Amigos míos, si yo no os diera alimento, no me podríais llevar.

Sucede lo mismo con los ejércitos: a menudo poco importa el número, si los jefes no se distinguen por el consejo.

LA CORNEJA Y LA ZORRA

Una corneja hambrienta se posó en una higuera, pero viendo que los higos todavía estaban verdes, esperó a que maduraran. Viendo una zorra que la corneja se eternizaba en el árbol, le preguntó el motivo. Una vez que lo supo, dijo a la corneja:

—Haces muy mal confiándote a una esperanza; la esperanza se alimenta de ilusiones, pero no de comida.

LA CORNEJA Y LOS CUERVOS

Una corneja, por azar más grande que las demás cornejas, despreciando a su especie se fue entre los cuervos y les pidió compartir su vida. Pero los cuervos, a quienes su forma y su voz les eran desconocidas, le pegaron y la arrojaron. Y la corneja, expulsada por los cuervos, volvió entre las demás cornejas. Entonces éstas, heridas aún por el ultraje, se negaron a recibirla, sucediéndole con esto que fue excluida de la sociedad de los unos y las otras.

Lo propio acontece entre los hombres. Los que abandonan su patria y prefieren otro país, en éste son mal vistos como extranjeros, y, además, son odiosos a sus propios ciudadanos por haberlos menospreciado.

LA CORNEJA Y LAS AVES

Queriendo Zeus proclamar un rey de los pájaros, les señaló un día para que comparecieran todos delante de él, pues iba a elegir al más hermoso entre todos para que reinara sobre ellos. Las aves se dirigieron a la orilla de un río para lavarse. Entonces la corneja, dándose cuenta de su fealdad, se dedicó a recoger las plumas que se desprendían de los demás pájaros, ajustándolas a su cuerpo. Así resultó la más hermosa de las aves.

Llegó el día señalado, y todos los pájaros se presentaron ante Zeus, sin faltar la corneja, con su abigarrado plumaje. Y cuando se disponía a concederle la realeza a causa de su hermosura, los pájaros, indignados, le arrancaron cada uno la pluma que le correspondía. Desplumada la corneja, se quedó en corneja.

Esto sucede con los hombres cargados de deudas: mientras disfrutan del bien ajeno, parecen personajes; mas al restituir lo que deben, se les encuentra como eran anteriormente.

LA CORNEJA Y LOS PICHONES

Viendo una corneja un palomar habitado por unos pichones bien alimentados, blanqueó sus plumas y se presentó en él para disfrutar de su buena comida. Mientras la corneja guardó silencio, los pichones, tomándola por uno de los suyos, la admitieron entre ellos; pero se olvidó en un descuido y lanzó un grito. Entonces los pichones, que no conocían su voz, la arrojaron entre todos. Y la corneja, viendo que se le escapaba la buena comida de los pichones, volvió entre sus semejantes. Mas las cornejas, que no la reconocieron a causa de su color, la expulsaron de su sociedad; de manera que por haber querido disfrutar de dos comidas, se quedó sin la una y sin la otra.

Enseña esta fábula que debemos contentarnos con nuestros propios bienes, pensando que la avaricia no sólo no es de ningún provecho, sino que además nos hace perder con frecuencia lo que poseemos.

LA CORNEJA FUGITIVA

Un hombre cazó una corneja y atándole un hilo de lino a una pata se la dio a su hijo. Pero la corneja, no pudiendo resignarse a vivir entre los hombres, aprovechó un instante de libertad para huir y volver a su nido. Mas el hilo se enredó en las ramas; el pájaro no pudo volar, y, viendo cercana su muerte, dijo:

—¡Desgraciada! Por no haber sufrido la esclavitud entre los hombres me veo privada de la vida.

Podría aplicarse esta fábula a aquellos que, queriendo huir de pequeños peligros, se arrojan a pesar suyo en otros mucho más grandes.

EL CUERVO Y LA ZORRA

Un cuervo que había robado un pedazo de carne se posó en un árbol. Le vio una zorra y, queriendo apoderarse de la carne, púsose a ponderar sus elegantes proporciones y su belleza, añadiendo que nadie mejor dotado que él para ser el rey de las aves, cosa que hubiera logrado seguramente si hubiese tenido voz. El cuervo, queriendo demostrar a la zorra que no le faltaba tampoco la voz, soltó la carne para lanzar grandes gritos. La zorra se apresuró a coger la carne y dijo:

—Amigo cuervo, si tuvieras también entendimiento nada te faltaría para ser el rey de las aves.

Esta fábula es una lección para los necios.

HERMES Y EL CUERVO

Un cuervo que había caído en un cepo prometió a Apolo que le quemaría incienso; pero, salvado del peligro, olvidó su promesa. Cogido otra vez en otro cepo, dejó a Apolo para dirigirse a Hermes, prometiéndole un sacrificio. Mas el dios le dijo:

—¿Cómo voy a fiarme de ti, miserable, cuando has engañado y renegado a tu primer señor?

Cuando nos hemos mostrado ingratos con un bienhechor, no podemos contar ya, si caemos en la desgracia, con ninguna ayuda.

EL CUERVO Y LA CULEBRA

Un cuervo que andaba escaso de comida vio una culebra dormida al sol, y, cayendo sobre ella, la raptó. Mas la culebra se volvió y le mordió, y el cuervo, viéndose morir, dijo:

—¡Desgraciado de mí, por haber encontrado una fortuna, que me muero por ella!

Podríamos aplicar esta fábula a propósito de un hombre a quien el hallazgo de un tesoro pone en peligro de muerte.

EL CUERVO ENFERMO

Un cuervo enfermo dijo a su madre:
—Madre, ruega a los dioses y no llores más.
La madre le contestó:

—¿Cuál de ellos, hijo mío, tendrá piedad de ti? ¿Queda alguno a quien no le hayas robado la carne?

Enseña esta fábula que aquellos que durante su vida se han hecho muchos enemigos, no encontrarán amigos en la necesidad.

LA ALONDRA MOÑUDA

Una alondra moñuda cayó en un lazo y dijo suspirando:

—¡Desgraciada alondra! A nadie has robado ni oro ni plata ni cosa alguna preciosa; un insignificante granito de trigo es la causa de tu muerte.

Se aplica esta fábula a aquellos que por un beneficio mezquino se exponen a un gran peligro.

LA CORNEJA Y EL CUERVO

Sintió la corneja celos contra el cuervo porque éste da presagios a los hombres, anúnciales el futuro y, por esta razón, éstos le toman como testigo; la corneja quiso arrogarse los mismos privilegios. Viendo, pues, pasar a unos viajeros, se posó sobre un árbol, lanzando grandes gritos. Al oír su voz, los viajeros se volvieron espantados; pero uno de ellos, tomando la palabra, dijo:

—Amigos, sigamos nuestro camino; eso no es más que una corneja; sus gritos no dan presagio.

Y así sucede entre los hombres: aquellos que rivalizan con otros más fuertes que ellos, no sólo no logran igualarlos, sino que además se prestan a risa.

LA CORNEJA Y EL PERRO

Una corneja que ofrecía una víctima a Atenea invitó a un perro al banquete del sacrificio. El perro le dijo:

—¿Por qué dilapidas tu riqueza en inútiles sacrificios? Pues tienes que saber que la diosa te desprecia hasta el punto de quitar todo crédito a tus presagios.

A lo que replicó la corneja:

—Precisamente por eso le hago sacrificios, porque sé su mala disposición hacia mí y deseo que se reconcilie conmigo.

De igual modo muchos hombres no vacilan en favorecer a sus enemigos por el temor que les tienen.

LOS CARACOLES

El hijo de un labrador se hallaba tostando unos caracoles. Oyéndoles crepitar, dijo:

—¡Miserables animalejos, vuestras casas están ardiendo, y aún cantáis!

Enseña esta fábula que todo lo que se hace a destiempo es reprehensible.

EL CISNE TOMADO POR GANSO

Un hombre opulento alimentaba juntos a un ganso y un cisne, y no con el mismo objeto, pues uno lo quería para el canto y el otro para la mesa. Cuando llegó el momento de que el ganso sufriera el destino para el cual le alimentaban, era de noche y el tiempo no permitía distinguir entre los dos volátiles. Cogido el cisne en lugar del ganso, entonó un canto preludio de su muerte. Su voz permitió reconocerle y su canto le salvó de la muerte.

Enseña esta fábula que a menudo la música hace retroceder a la muerte.

EL CISNE Y SU DUEÑO

Dícese que los cisnes cantan en el momento de morir. Un hombre vio a un cisne en venta, y sabiendo por haberlo oído decir, que era un animal muy melodioso, lo adquirió. Un día que el hombre daba una cena, fue a buscar al cisne y le rogó que cantase durante el festín. El cisne permaneció en silencio. Pero un día, pensando que iba a morir, se lloró de antemano en un treno. El dueño dijo al oírle:

—Si sólo cantas cuando vas a morir, fui un necio rogándote que cantaras en lugar de inmolarte.

Así sucede muchas veces que aquello que no queremos hacer voluntariamente, lo hacemos entonces a la fuerza.

LOS DOS PERROS

Tenía un hombre dos perros. Crió a uno para cazar y al otro para guardián de su casa. Cuando el primero salía de caza y cogía alguna presa, el amo arrojaba un pedazo al perro guardián. Descontento el perro de caza, lanzó unos reproches a su compañero:

era él quien salía y sufría en todo momento, mientras su compañero, sin hacer nada, gozaba del fruto de su esfuerzo. A lo que el perro guardián contestó:

—¡No es a mí a quien tienes que condenar, sino a nuestro dueño, que en lugar de enseñarme a trabajar, me ha enseñado a vivir del trabajo ajeno!

Tampoco los niños perezosos deben ser recriminados, siendo sus padres quienes los educan en la pereza.

LOS PERROS HAMBRIENTOS

Vieron unos perros hambrientos unas pieles puestas a limpiar en el fondo de un arroyuelo; mas no pudiendo alcanzarlas, convinieron beberse el agua para llegar a las pieles. Sucedió que a fuerza de beber, reventaron antes de alcanzar las pieles.

Asimismo ciertos hombres, con la esperanza de un provecho, sométense a trabajos peligrosos, y se pierden antes de lograr el objeto de sus deseos.

EL HOMBRE MORDIDO POR UN PERRO

Un hombre mordido por un perro corría en todas direcciones buscando alguien que le curara. Un quídam le dijo que no tenía más que empapar la sangre de su herida en un pedazo de pan y arrojárselo luego al perro que le había mordido. A lo que respondió el herido:

—¡Pero si hago esto, me morderán todos los perros del pueblo!

Asimismo, si halagas la maldad de los hombres los incitas a hacer más daño todavía.

EL COCINERO Y EL PERRO

Preparaba un hombre una cena en honor de uno de sus amigos y familiares. Y su perro invitó a otro perro.

—Amigo –le dijo–, ven aquí a cenar conmigo.

Llegó el invitado lleno de alegría y se detuvo a contemplar el gran festín, murmurando para sí:

—¡Oh suerte inesperada! Voy a comer hasta hartarme, para no pasar hambre en varios días.

Hallándose en estas reflexiones, meneando el rabo como un amigo de confianza, viole el cocinero moverse de acá para allá, y, cogiéndole por las patas, lo arrojó de repente por la ventana. Y el perro se volvió lanzando grandes ladridos. Encontráronle en el camino otros perros, y uno de ellos le preguntó:

—¿Cómo has comido, amigo?

—A fuerza de beber –contestó– me he embriagado tanto, que ni siquiera sé por dónde he salido.

Enseña esta fábula que no debemos confiarnos en aquellos que presumen de generosos con el bien ajeno.

EL PERRO DE PRESA Y SUS COMPAÑEROS

Un perro alimentado en una casa había sido adiestrado para luchar contra las fieras. Al ver un día a gran número de éstas colocadas en fila, rompió el collar que le sujetaba y echó a correr por las calles. Viéronle otros perros, fuerte como un toro, y le dijeron:

—¿Por qué corres de ese modo?

—Sé que vivo en la abundancia, con todas las satisfacciones del estómago; pero siempre estoy cerca de la muerte combatiendo a los osos y a los leones –respondió.

Entonces los perros se dijeron entre sí:

—Nuestra vida es pobre, pero hermosa, sin tener que combatir ni a los leones ni a los osos.

No debemos atraer hacia nosotros, a causa de la buena vida y de la vanagloria, el peligro, sino más bien evitarlo.

EL PERRO, EL GALLO Y LA ZORRA

Formaron sociedad un perro y un gallo, y marcharon por esos caminos. Al llegar la noche, el gallo subió a un árbol, y el perro se tumbó al pie del tronco, que estaba hueco. Siguiendo el gallo su costumbre, cantó antes del día; le oyó una zorra, corrió donde aquél estaba y, parándose al pie del árbol, le rogó que descendiera, diciéndole que deseaba besar a un animal que tenía una voz tan bella. Replicole el gallo que despertara primero al portero, dormido al pie del árbol. Y entonces el perro, cuando la zorra trataba de entablar conversación con el portero, saltó bruscamente, descuartizando a la raposa.

Enseña esta fábula que los hombres inteligentes, viéndose atacados por sus enemigos, saben engañarlos y dirigirlos hacia otros más fuertes.

EL PERRO Y LA ALMEJA

Un perro acostumbrado a comer huevos, al ver una almeja, abrió las fauces y, cerrando rudamente las mandíbulas, se la tragó tomándola por un huevo. Desgarradas luego sus entrañas, sintióse mal y dijo:

—Tengo lo que me merezco, por tomar todas las cosas redondas por huevos.

Nos enseña esta fábula que aquellos que emprenden un asunto sin reflexión, se meten a pesar suyo en extrañas dificultades.

EL PERRO Y LA LIEBRE

Un perro de caza atrapó una liebre, y tan pronto la mordía como le lamía el hocico. Cansada la liebre de este juego, le dijo:

—¡Deja de morderme o de besarme, para que yo sepa si eres mi amigo o mi enemigo!

Aplícase esta fábula al hombre de conducta equívoca.

EL PERRO Y EL CARNICERO

Penetró un perro en una carnicería y, viendo ocupado al carnicero, cogió un corazón y salió corriendo. Se volvió el carnicero y, viéndole huir, exclamó:

—¡Escucha, amigo! Allí donde te encuentres, te echaré el ojo encima.

Enseña esta fábula que muchas veces los accidentes enseñan a los hombres.

EL PERRO DORMIDO Y EL LOBO

Dormía un perro delante de una casa. Un lobo se lanzó sobre él y se disponía a darse un banquete, cuando el perro le rogó que no le inmolara en tal momento.

—Ahora estoy en los huesos –le dijo–; espera algún tiempo; mis dueños van a celebrar sus bodas; también yo me daré unos buenos atracones, engordaré y seré para ti un manjar mucho más exquisito.

Creyó el lobo en sus palabras y se marchó. Al cabo de algún tiempo volvió y encontró al perro dormido en una pieza elevada de la casa; detúvose al pie de ésta y recordó al perro lo convenido. Entonces el perro repuso:

—¡Oh lobo, si a partir de hoy me ves dormir delante de la casa, no esperes a las bodas!

Enseña esta fábula que los hombres discretos, cuando se ven libres de un peligro, se guardan de éste toda la vida.

EL PERRO Y LA SOMBRA

Atravesaba un perro un río llevando un pedazo de carne. Vio su sombra en el agua, y creyó que era otro perro que llevaba un trozo de carne mayor. Y, soltando el suyo, se lanzó a arrebatar el otro a su compadre. Mas el resultado fue que se quedó sin el uno y sin el otro; el uno, porque, no existiendo, mal podía darle alcance; el otro, porque lo arrastró la corriente.

Aplícase esta fábula a los codiciosos.

EL PERRO CON CAMPANILLA

Había un perro que mordía a traición. Púsole su amo una campanilla para advertir a las gentes. Y el can, sacudiendo la campanilla, se fue a presumir a la plaza pública. Mas una perra entrada en años, le dijo:

—¿De qué presumes tanto? Pues no llevas esa campanilla a causa de tu virtud, sino para anunciar tu maldad oculta.

Los gestos de presunción de los fanfarrones descubren visiblemente sus vicios secretos.

EL PERRO PERSIGUIENDO AL LEÓN

Un perro de caza vio a un león y partió en persecución de él. Pero el león se volvió rugiendo, y el can, empavorecido, retrocedió por el mismo camino. Una zorra le vio y le dijo:

—¡Infeliz! ¡Perseguías al león y ni siquiera soportas sus rugidos!

Podría contarse esta fábula a propósito de los presuntuosos que intentan denigrar a otros más poderosos que ellos, y cuando ven que éstos les hacen frente retroceden bruscamente.

EL LEÓN Y EL MOSQUITO

Un mosquito se acercó a un león y le dijo:

—No te temo y no eres más fuerte que yo. Si sostienes lo contrario, demuestra lo que puedes hacer. ¿Arañar con tus garras y morder con tus dientes? ¡Eso también lo hace una mujer riñendo con su marido! Yo soy más fuerte que tú y, si quieres, te desafío a combate.

Y haciendo sonar su trompa, el mosquito se abatió sobre el león, picándole en la carne sin pelo alrededor de la nariz. El león empezó a arañarse con sus propias garras, hasta que renunció al combate. El mosquito victorioso hizo sonar su trompeta, entonó un canto de triunfo y emprendió el vuelo; pero fue a enredarse en una tela de araña, y, al tiempo que era devorado, lamentábase de que él, que hacía la guerra a los más poderosos, fuese a perecer a manos del animal más despreciable, una araña.

EL TORO Y EL MOSQUITO

Se posó un mosquito en el cuerno de un toro. Después de permanecer largo rato, al irse a marchar preguntó al toro si deseaba que por fin se marchase. El toro respondió:

—No te sentí cuando viniste, y tampoco te sentiré cuando te vayas.

Podría aplicarse esta fábula al hombre insignificante cuya presencia o ausencia ni pueden dañar ni servir.

LAS LIEBRES Y LAS RAPOSAS

Hallándose en guerra con las águilas, un día las liebres llamaron en su ayuda a las raposas. Pero éstas respondieron:

—Con gusto os ayudaríamos si no supiéramos quiénes sois vosotras y contra quiénes lucháis.

Enseña esta fábula que aquellos que luchan contra otros más poderosos no cuidan de su propia salvación.

LAS LIEBRES Y LAS RANAS

Reunidas un día las liebres, lamentábanse entre sí de llevar una vida tan precaria y temerosa, pues, en efecto, ¿no eran víctimas de los hombres, de los perros, de las águilas y otros muchos animales? ¡Más valía morir de una vez que vivir en el terror!

Tomada esta resolución, se lanzaron todas al mismo tiempo hacia un estanque para arrojarse en él y morir ahogadas. Pero las ranas, sentadas alrededor del estanque, en cuanto oyeron el ruido de su carrera, saltaron al agua. Entonces una de las liebres que parecía más inteligente que las otras, dijo:

—¡Deteneos, compañeras; no hay que apurarse tanto, pues ya veis que aún hay animales más miedosos que nosotras!

Enseña esta fábula que los desgraciados se consuelan viendo a otros más desgraciados que ellos.

LA LIEBRE Y LA ZORRA

Dijo la liebre a la zorra:

—¿Puedes decirme si tienes realmente muchas ganancias y por qué te llaman la "gananciosa"?

—Ya que lo dudas –contestó la zorra–, vente a cenar conmigo.

La siguió la liebre; pero en casa de la zorra no había otra cena que la misma liebre. Entonces la liebre dijo:

—¡Al fin aprendo, para mi desgracia, de dónde te viene el nombre: no es de tus ganancias, sino de tus engaños![7]

A menudo acontecen grandes desgracias a los curiosos que se abandonan a su torpe indiscreción.

LA GAVIOTA Y EL MILANO

Tragó una gaviota un pez y le estalló la garganta, quedando muerta en la orilla. La vio un milano, y dijo:

—Tienes lo que te mereces, porque habiendo nacido pájaro buscabas tu vida en el mar.

Del mismo modo los que abandonan su propio oficio para seguir otro que no es el suyo son justamente desgraciados.

LA LEONA Y LA ZORRA

Reprochaba una zorra a una leona que nunca pariese más que un solo pequeñuelo.

—Uno solo –dijo ella–, pero un león.

---

[7] La fábula descansa en un juego de palabras: por un lado, la palabra *kerdo*, zorro, zorra; por otro lado, la palabra *kerdos*, de doble sentido: ganancia y engaño.

No debemos medir el mérito por la cantidad, sino por la virtud.

EL LEÓN REY

Un león que no era irascible, ni cruel, ni violento, sino tratable y justo como un hombre, se convirtió en rey. Bajo su reinado, celebróse una reunión general de los animales para darse y recibir mutua satisfacción: el lobo al cordero, la pantera al camello, el tigre al ciervo, el perro a la liebre, etc. La tímida liebre dijo entonces:

—He deseado vivamente ver este día, a fin de que los débiles sean respetados por los violentos.

Cuando la justicia reina en el Estado y todas las decisiones son justas, los humildes viven también tranquilos.

EL LEÓN VIEJO Y LA ZORRA

Un león llegado a viejo, incapaz de procurarse por la fuerza la comida, pensó que necesitaba hacerlo por la astucia. Por lo cual dirigióse a una caverna y se tendió en el suelo, fingiendo hallarse enfermo; de este modo, cuando los animales iban a visitarle, los atrapaba y se los comía.

Habían perecido ya bastantes, cuando la zorra, comprendiendo su añagaza, se presentó también y, deteniéndose a distancia de la caverna, preguntó al león que cómo iba.

—Mal –contestó el león, preguntando a su vez por qué no entraba.

—Hubiera entrado –dijo la zorra– si no viera muchas huellas de animales que entran, pero ninguna de animales que salen.

Los hombres sensatos advierten en ciertos indicios los peligros y los evitan.

EL LEÓN APRESADO Y EL LABRADOR

Entró un león en la cuadra de un labrador, y éste, queriendo cogerlo, cerró la puerta del corral. Viendo que no podía salir, el león empezó devorando a los carneros y luego siguió con los bueyes. Entonces el labrador, temiendo por él mismo, abrió la puerta. Partió el león y la mujer del labrador, oyéndole quejarse, le dijo:

—Tienes lo que te mereces, pues ¿por qué has querido encerrar a una fiera que debías temer de lejos?

Del mismo modo las gentes que irritan a otros más fuertes que ellos, tienen, naturalmente, que sufrir las consecuencias de su demencia.

EL LEÓN ENAMORADO Y EL LABRADOR

Un león que se había enamorado de la hija de un labrador, la pidió en matrimonio. El labrador, no pudiendo decidirse a dar a su hija a un animal feroz ni a negársela a causa del temor que sentía, imaginó la siguiente treta: como el león no dejaba de apremiarle, le dijo que le juzgaba digno de ser el esposo de su hija, pero que sólo se la entregaría con una condición: que se arrancara los dientes y se cortara las uñas, porque esto era lo que asustaba a la muchacha. El león se resignó al doble sacrificio porque la amaba. Entonces el labrador, lleno de desprecio por él, cuando volvió a presentarse lo puso en la puerta a palos.

Enseña esta fábula que aquellos que se fían con demasiada facilidad de los otros, una vez despojados de sus prerrogativas son vencidos fácilmente por aquellos que antes les temían.

EL LEÓN, LA ZORRA Y EL CIERVO

Habiendo caído enfermo, el león se tumbó en una caverna, diciendo a la zorra, a la que estimaba grandemente y con la cual estaba en relaciones:

—Si quieres que me cure y viva, seduce con tus dulces palabras al ciervo que habita el bosque y tráemelo, pues tengo un gran deseo de su corazón y de sus entrañas.

Partió la zorra a cumplir el encargo y encontró al ciervo saltando en el bosque. Acercándose a él amablemente, le saludó y le dijo:

—Vengo a comunicarte una gran noticia. Ya sabes que nuestro rey, el león, es vecino mío; pero ha caído enfermo y está a punto de morir. Entonces se ha preguntado qué animal entre todos iba a reinar después de su muerte. El jabalí –se dijo– carece de inteligencia; el oso es torpón, la pantera irascible, el tigre fanfarrón: el ciervo es el más digno de reinar, porque es esbelto, vive muchos años y las serpientes temen sus cuernos. Pero ¿para qué hablar más? Está resuelto que tú serás el rey. ¿Qué vas a darme por habértelo anunciado antes que nadie? Contesta; tengo prisa y temo que me llame, pues no puede pasarse sin mis consejos. Pero si quieres oír a un viejo, te aconsejo que vengas conmigo y le hagas compañía hasta su muerte.

Así habló la zorra, y el ciervo, con el corazón henchido de vanidad ante sus palabras, se dirigió a la caverna sin sospechar lo que iba a ocurrir. Al verlo, el león se precipitó sobre el ciervo, pero no logró más que destrozarle las orejas con sus garras; el ciervo desapareció velozmente en el bosque. Entonces la zorra golpeó sus patas una contra otra, en señal de despecho por haber perdido la partida. El león empezó a quejarse lanzando grandes rugidos, atenazado por el hambre y la pena, y suplicó a la zorra que hiciese otra tentativa para llevarle al ciervo con un nuevo engaño. La zorra repuso:

—Es un encargo penoso y difícil; sin embargo, te serviré otra vez.

Entonces, igual que un perro de caza, siguió las huellas del ciervo mientras maquinaba nuevas astucias, preguntando a los pastores si no habían visto un ciervo ensangrentado. Éstos le indicaron su cubil. Hallóle la zorra recobrando sus fuerzas y se presentó, imprudente. El ciervo, encolerizado y presto al ataque, le dijo:

—¡Miserable zorra, no volverás a engañarme! ¡Si te acercas una pulgada, cuéntate entre los muertos! Vete a buscar a otros que no te conozcan; habla a otros animales y súbeles los humos diciéndoles que los van a hacer reyes; a mí, no.

Mas la zorra replicó:

—Pero ¿cómo eres tan flojo y tan cobarde? ¿Por qué desconfías de nosotros, que somos tus amigos? El león, al cogerte la oreja, sólo quería darte sus consejos y sus instrucciones para el buen gobierno de tu gran monarquía, y tú ni siquiera has podido sufrir un arañazo de la pata de un enfermo. Ahora está furioso contra ti y quiere hacer rey al lobo. ¡Malo es ser el amo! Ven conmigo; no tienes nada que temer; pero pórtate humilde como un cordero. Te juro por todos los árboles y fuentes que no tienes que temer ningún mal del león. En cuanto a mí, lo único que quiero es servirte.

Y engañando con estas mentiras al infeliz, le decidió a acompañarla de nuevo. En cuanto entró en la caverna, no le faltó comida al león, el cual devoró sus huesos, su cerebro y sus entrañas. La zorra, entretanto, miraba. Cayó el corazón al suelo, y la zorra lo atrapó a escondidas, comiéndoselo como pago de sus gestiones. Y el león, después de buscarlo entre todos los pedazos, vio que le faltaba. Entonces la zorra, a prudente distancia, le dijo:

—Este ciervo no tenía corazón; no lo busques. ¿Qué corazón podía tener un animal que vino por dos veces a la cueva y a las garras del león?

Enseña esta fábula que el ansia de honores turba la razón y cierra los ojos ante la inminencia del peligro.

EL LEÓN, EL OSO Y LA ZORRA

Habiendo encontrado un oso y un león a un cervatillo trabaron un combate para ver cuál de los dos se lo llevaba. Después de asestar uno a otro terribles golpes, se abatieron mareados y medio muertos. Una zorra que pasaba por allí, viéndolos extenuados y con el cervatillo en medio, se apoderó de éste y huyó pasando entre los dos. Y el oso y el león, sin poder levantarse, murmuraron:

—¡Desdichados! ¡Para la zorra nos hemos tomado tanto trabajo!

Enseña esta fábula que tenemos razón en sentir despecho cuando los recién llegados se llevan el fruto de nuestros trabajos.

EL LEÓN Y LA RANA

Oyó un león croar a una rana y se volvió hacia el sonido, pensando que se trataba de un animal importante. Esperó algún tiempo, y luego, viéndola salir del pantano, se acercó y la aplastó, exclamando:

—¡Tú tan mezquina y lanzas esos gritos!

Esta fábula se aplica al charlatán, inútil para todo lo que no sea hablar.

EL LEÓN Y EL DELFÍN

Un león que se paseaba por una playa vio asomar fuera del agua la cabeza de un delfín, y le propuso una alianza:

—Nos conviene altamente, siendo tú el rey de los animales marinos y yo el de los animales terrestres.

Aceptó el delfín complacido. El león, que se hallaba desde hacía mucho tiempo en guerra con un toro salvaje, llamó al delfín en su ayuda. Trató el delfín de salir del agua y no lo consiguió; entonces el león le acusó de traición.

—¡No es a mí, sino a la Naturaleza –replicó el delfín–, a quien debes acusar, porque es ella quien me hizo acuático y no me permite marchar por tierra!

Esta fábula nos demuestra que cuando trabamos amistad también debemos escoger aliados que puedan estar a nuestro lado en los días de peligro.

EL LEÓN Y EL JABALÍ

Llegado el estío, cuando el calor provoca la sed, un león y un jabalí acudieron a beber a la misma breve fuente. Disputaron sobre cuál bebería el primero, y de la discusión pasaron a una lucha a muerte. Mas, volviéndose de repente para recobrar el aliento, vieron una nube de aves rapaces esperando para devorar al que cayera vencido. Y, entonces, poniendo fin a su enemiga, dijeron:

—¡Más vale hacernos amigos que servir de pasto a buitres y cuervos!

Conviene acabar con las malas disputas y las rivalidades, porque su resultado es peligroso para todos los partidos.

EL LEÓN Y LA LIEBRE

Un león sorprendió a una liebre dormida, y cuando se disponía a devorarla vio pasar a un ciervo; dejó, pues, la liebre y corrió a la caza del ciervo. En esto la liebre, despertada por el ruido, emprendió veloz huida; el león, cansado de perseguir al ciervo sin poder darle alcance, volvió a donde estaba la liebre y se encontró con que también se había puesto en salvo.

—Me está bien empleado –se dijo–, porque dejando la presa que tenía en mis manos, corrí tras la esperanza de una víctima mayor.

Muchas veces los hombres, en lugar de contentarse con discretos beneficios, dejan imprudentemente lo que tienen en su poder persiguiendo esperanzas más risueñas.

EL LEÓN, EL LOBO Y LA ZORRA

Viejo ya el león, se tumbó enfermo en su cueva, y todos los animales, con excepción de la zorra, fueron a visitar a su príncipe. Entonces el lobo, aprovechándose de la ocasión, acusó a la zorra delante del león:

—No siente –decía– ningún respeto por el señor de todos nosotros, y por eso no ha venido a visitarle siquiera.

Mientras esto decía, llegó la zorra a tiempo de oír al lobo las últimas palabras. Entonces el león lanzó un feroz rugido contra la zorra; mas ésta, pidiendo un instante para justificarse, dijo:

—Entre todos los que están aquí reunidos, ¿quién te ha prestado un servicio tan grande como yo, que fui por todas partes pidiendo a los médicos un remedio para curarte, encontrándolo al fin?

Ordenóle el león que dijera al momento cuál era ese remedio, y contestó la zorra:

—Que desuelles vivo a un lobo y te pongas encima su piel caliente.

El lobo fue condenado a morir en el acto, y la zorra exclamó riendo:

—¡No hay que excitar al amo al rencor, sino a la benevolencia!

Enseña esta fábula que cuando tendemos un lazo a otro, caemos en él nosotros mismos.

EL LEÓN Y EL RATÓN AGRADECIDO

Hallándose durmiendo un león, un ratón empezó a retozar encima de su cuerpo. Despertóse el león, atrapó al ratón, y ya iba a comérselo, cuando el ratón le dijo que le soltara, prometiéndole, si le perdonaba la vida, pagarle cumplidamente. El león se echó a reír y dejó marchar al ratón.

Poco tiempo después el león debió su salvación al agradecimiento del ratoncillo. Unos cazadores habían cazado al rey de la selva, y le ataron a un árbol con una cuerda. Oyéndole el ratón gemir su desconsuelo corrió a donde estaba, royó la cuerda y libertó, al león.

—En otra ocasión –le dijo–, te burlaste de mí porque no esperabas mi agradecimiento; bueno es que ahora sepas que también los ratones somos agradecidos.

Enseña esta fábula que en las mudanzas de la fortuna, incluso los más poderosos necesitan la ayuda de los humildes.

EL LEÓN Y EL ONAGRE

Daban caza juntos el león y el onagre[8] a los animales salvajes, utilizando el león su fuerza y el onagre la rapidez de sus pies. Una vez que cobraron cierto número de piezas, el león hizo tres partes con ellas.

—Cogeré la primera por ser el primero, pues soy el rey; la segunda, como socio a partes iguales; en cuanto a la tercera, te irá muy mal si no te apresuras a largarte de aquí.

Conviene en todas nuestras empresas medirnos con nuestra propia fuerza, y no asociarnos ni comprometernos con otros más poderosos que nosotros.

EL ASNO Y EL LEÓN CAZANDO EN COMPAÑÍA

El asno y el león se hicieron amigos y salieron de caza.

Habiendo llegado a una cueva donde se habían refugiado unas cabras monteses, el león se apostó a la salida, mientras el asno entraba en la cueva y, coceando y rebuznando, obligaba a huir a las cabras. Una vez que el león se apoderó de la mayor parte de

---

[8] Griego *onagros*, asno salvaje.

ellas, salió el asno y le preguntó si no creía que había luchado con bravura al expulsar a las cabras.

—¡Tanta –repuso el león–, que a mí mismo me hubieras asustado de no haber sabido quién eras!

Aquellos que se alaban a sí mismos delante de los que les conocen se prestan con justicia a la burla.

EL LEÓN, EL ASNO Y LA ZORRA

El león, el asno y la zorra se asociaron y partieron de caza. Cuando ya hubieron cazado bastante, el león dijo al asno que repartiera entre los tres la caza. Hizo el asno tres partes iguales y dijo al león que escogiera. El león, indignado, se arrojó sobre él y lo devoró. Luego mandó a la zorra que hiciese el reparto. La zorra reunió todo en un solo montón, reservándose únicamente unas piltrafas; hecho lo cual rogó al león que escogiera. Éste le dijo que quién la había enseñado a repartir de ese modo, y la zorra repuso:

—La desgracia del asno.

Enseña esta fábula que uno aprende viendo la desdicha ajena.

EL LEÓN, PROMETEO Y EL ELEFANTE

Quejábase el león constantemente a Prometeo. Cierto era que Prometeo le había hecho fuerte y hermoso, armándole las mandíbulas de colmillos y dotando sus patas de garras, con lo que era el más poderoso de todos los animales.

—Con todo esto –añadía–, temo al gallo.

Prometeo le respondió:

—¿Por qué me acusas a la ligera? ¿No tienes todas las ventajas físicas que he podido darte? Lo que flaquea es tu alma.

El león deploraba su suerte, acusándose de pusilánime, y, al fin, resolvió poner fin a su vida. Hallándose en estas disposiciones, encontró al elefante, le saludó y se detuvo a charlar con él. Observando que movía las orejas constantemente, le preguntó:

—¿Qué te sucede que tus orejas no pueden estar un instante sin moverse?

—¿Ves este ser minúsculo que zumba por el aire? –respondió el elefante al tiempo que un mosquito revoloteaba por azar a su alrededor–. Pues si penetra en el orificio de mi oreja, estoy perdido.

—¿No es necio pensar en morir, superando yo en dicha y en poderío al elefante, tanto como el gallo sobrepuja en fuerza al mosquito?

Por donde se ve que un simple mosquito es lo bastante poderoso para atemorizar incluso a un elefante.

EL LEÓN Y EL TORO

Tramando un león la muerte de un toro muy corpulento, resolvió dominarle por la astucia; para lo cual le dijo que había sacrificado un carnero, invitándole al festín; era su intención matarle cuando el toro estuviera recostado en la silla.[9] Llegó, en efecto,

---

[9] Griegos y romanos comían recostados.

el toro; pero viendo grandes fuentes y asadores, pero ni rastro de carnero, se marchó sin decir esta boca es mía. Entonces el león le dirigió grandes reproches, preguntándole por qué se marchaba sin motivo, no habiéndole sucedido nada.

—No es sin motivo –repuso el toro–, porque los preparativos que veo no son como para un carnero, sino como para un toro.

Enseña esta fábula que los inteligentes no caen en las acechanzas de los malvados.

EL LEÓN FURIOSO Y EL CIERVO

Estaba un león furioso, y viéndole un ciervo desde el bosque, exclamó:

—¡Desgraciados de nosotros! ¿De qué no será capaz este león enfurecido, cuando, estando sosegado, nos es tan insoportable?

Debemos evitar a los hombres irascibles y acostumbrados a hacer daño cuando toman el poder y gobiernan.

EL LEÓN, EL RATÓN Y LA ZORRA

Estando un león dormido, un ratón se dedicó a correr por encima de su cuerpo. Despertóse el león y se volvió en todas direcciones, buscando al atrevido que había osado afrentarle. Una zorra que le contemplaba, le afeó por tener miedo, siendo él león, de un ratoncillo. A lo que el león repuso:

—No es que tenga miedo del ratón, sino que me sorprendió que alguien se atreviera a pasear sobre el cuerpo del león dormido.

Demuestra esta fábula que los hombres discretos no desdeñan ni aun las pequeñas cosas.

EL BANDIDO Y LA MORERA

Un bandido que había asesinado a un hombre en un camino, al verse perseguido por los que allí se encontraban, abandonó a su víctima ensangrentada y huyó. Pero viéndole unos viajeros que venían en sentido contrario, le preguntaron por qué llevaba las manos tintas; a lo que respondió que acababa de descender de una morera. Entretanto llegaron sus perseguidores, se apoderaron de él y le colgaron en la morera. Y el árbol dijo:

—No me molesta servir para tu suplicio, puesto que eres tú quien ha cometido el crimen, limpiando en mí la sangre.

Así sucede a menudo, que los que son naturalmente bondadosos, cuando se ven denigrados por los calumniadores, no vacilan, a su vez, en mostrarse malvados hacia ellos.

LOS LOBOS Y LOS PERROS EN GUERRA

Entre los lobos y los perros se desencadenó un día el odio. Los segundos eligieron para general a un perro griego. Pero éste no se apresuraba a comenzar la batalla a pesar de las violentas amenazas de los lobos.

—¿Sabéis –les dijo– por qué temporizo? Porque conviene siempre deliberar antes de obrar. Todos vosotros sois de la misma raza y de igual color; pero nuestros soldados tienen costumbres muy diferentes y cada uno procede de un país del que está orgulloso. Hasta el color no es uniforme e igual para todos: unos son negros, otros son rubios, otros blancos o cenicientos. ¿Cómo podría llevar a la guerra a unos seres que no están de acuerdo y son en todo tan distintos?

En todos los ejércitos, la unidad de voluntad y de pensamiento es lo que asegura la victoria sobre los enemigos.

LOS PERROS RECONCILIADOS CON LOS LOBOS

Dijeron los lobos a los perros:
—Siendo en todo semejantes a nosotros, ¿por qué no os entendéis con nosotros como hermanos? Lo único que nos separa es el pensamiento. Nosotros vivimos en libertad; vosotros, sumisos y sometidos a los hombres: sufrís sus golpes, lleváis collares y guardáis los rebaños; y cuando vuestros amos comen, sólo os arrojan los huesos. Escuchad lo que os decimos: entregadnos los rebaños y los pondremos en común para hartarnos.

Prestaron crédito los perros a estas proposiciones, y los lobos, penetrando en los corrales, mataron en primer lugar a los perros.

Éste es el salario que reciben los que traicionan a la patria.

LOS LOBOS Y LOS CARNEROS

Trataban los lobos de sorprender a un rebaño de carneros. Mas no pudiendo conseguirlo a causa de los perros que los custodiaban, decidieron emplear la astucia para lograr su propósito. Enviaron a tal fin unos diputados para pedir a los carneros que les entregaran sus perros.

—Los perros son la causa de nuestra enemistad –dijeron–; no tenéis más que entregárnoslos, y la paz reinará entre nosotros.

Sin sospechar los carneros lo que iba a suceder, entregaron los perros, y los lobos, dueños ya de los carneros, destrozaron fácilmente el rebaño sin guardianes.

Esto sucede en los Estados: aquellos que con facilidad entregan a sus oradores, no sospechan que muy pronto caerán bajo el yugo de sus enemigos.[10]

LOS LOBOS, LOS CARNEROS Y EL CARNERO PADRE

Enviaron los lobos una diputación a los carneros, ofreciéndoles hacer con ellos una paz perpetua si les entregaban los perros para inmolarlos. Los estúpidos carneros convinieron hacerlo; pero un carnero padre exclamó:

—¿Cómo os voy a creer y vivir entre vosotros, cuando ahora mismo, bajo la guarda de los perros, no puedo pacer con tranquilidad?

---

[10] Alusión a las frecuentes medidas de ostracismo o de muerte contra los oradores u hombres públicos, en la antigua democracia griega.

No debemos desprendernos de aquello que constituye nuestra seguridad, prestando crédito a los juramentos de nuestros enemigos irreconciliables.

EL LOBO ORGULLOSO DE SU SOMBRA Y EL LEÓN

Erraba en cierta ocasión un lobo por unos lugares desiertos, a la hora en que el sol doblaba hacia poniente. Al ver su sombra alargada, exclamó:

—¿Cómo va a asustarme el león con la talla que tengo? Con un pletro[11] de largo, ¡fácil sería que me convirtiera en rey de los animales!

Mientras se abandonaba a su orgullo, un poderoso león le atrapó y empezó a devorarlo. Entonces el lobo, cambiando de opinión, exclamó:

—La presunción es causa de nuestra desgracia.

EL LOBO Y LA CABRA

Vio un lobo a una cabra pastando al borde de un escarpado precipicio. No pudiendo llegar hasta ella, le dijo que descendiera porque podía caerse a causa de un descuido; además, el prado donde él se encontraba era mejor, pues tenía la hierba muy crecida. Pero la cabra le contestó:

—No es a mí a quien invita a comer, sino a ti mismo que lo necesitas.

Cuando los perversos quieren practicar su mal-

---

[11] Griego *plethron*, medida griega equivalente a cien pies.

dad entre aquellos que los conocen, no adelantan nada con sus trapacerías.

EL LOBO Y EL CORDERO

Viendo un lobo a un cordero bebiendo en un arroyo, imaginó un pretexto cualquiera a fin de devorarle. Así, aun encontrándose más arriba, le acusó de enturbiar el agua, impidiéndole beber. Respondió el cordero que sólo bebía con la punta de los labios y que, además, hallándose más abajo, mal podía enturbiar el agua que corría más arriba. Viéndose el lobo burlado, insistió:

—Pero el año pasado injuriaste a mi padre.

—¡En ese tiempo, ni siquiera había nacido! –contestó el cordero.

Entonces el lobo replicó:

—Tú te justificas muy bien; mas no por eso dejaré de devorarte.

Enseña esta fábula que la defensa más justa de nada sirve ante las gentes resueltas a practicar el mal.

EL LOBO Y EL CORDERILLO

Viéndose perseguido por un lobo, un corderillo se refugió en un templo. Llamábale el lobo y le decía que si el sacrificador le encontraba allí, lo inmolaría al dios.

—¡Prefiero –respondió el cordero– ser víctima del dios a perecer en tus manos!

Enseña esta fábula que, reducidos a morir, más vale morir con honor.

EL LOBO Y LA VIEJA

Rondaba un lobo hambriento en busca de comida. Llegado a cierto lugar, oyó a un niño que lloraba y a una vieja que le decía:

—No llores, niño, que te entregaré al lobo.

Creyendo el lobo en las palabras de la vieja, se detuvo y esperó mucho tiempo. Llegada la noche, oyó nuevamente a la vieja cantando al niño:

—Si viene el lobo, lo mataremos.

Al oír estas palabras, el lobo siguió su camino, pensando:

—En esta casa hablan de una manera y obran de otra.

Aplícase esta fábula a los hombres que no armonizan sus actos con sus palabras.

EL LOBO Y LA GRULLA

Se tragó un lobo un hueso y corría por todas partes buscando quien le librara del mal. Encontró una grulla y le pidió que le sacase el hueso, que luego le pagaría. Entonces la grulla introdujo su cabeza en la garganta del lobo y sacó el hueso, reclamando el salario convenido.

—Oye, amiga –respondió el lobo–: ¿no te basta con haber sacado la cabeza sana y salva de mi boca que encima pides un salario?

Enseña esta fábula que la mayor gratitud que puede esperarse del agradecimiento de los malvados, es que a la ingratitud no añadan la injusticia.

EL LOBO Y EL CABALLO

Pasando un lobo por un campo vio una gran cantidad de cebada; pero como no podía alimentarse con ella, la dejó y siguió su camino. Encontró después a un caballo y le llevó al mismo campo, diciéndole que había hallado mucha cebada, pero que en lugar de comérsela se la había guardado porque le causaba placer oír el ruido de sus dientes. Mas el caballo repuso:

—¡Amiguito, si los lobos pudieran comer cebada, no hubieras preferido tus oídos a tu vientre!

Enseña esta fábula que aquellos que son malos por naturaleza, aun cuando afecten ser buenos no consiguen que les crean.

EL LOBO Y EL PERRO

Al ver un lobo a un perro muy corpulento sujeto por un collar, le preguntó:

—¿Quién te ha atado y alimentado de este modo?

—Un cazador –respondió el perro.

—¡Que los dioses libren a este pobrecito lobo! Allá se van el hambre y un pesado collar.

Enseña esta fábula que en la desdicha no conocemos ni aun los placeres del estómago.

EL LOBO Y EL LEÓN

En una ocasión un lobo, después de raptar un carnero en un rebaño, lo arrastraba hacia su cueva. Pero un león que apareció en su camino se lo arrebató. El lobo, desde prudente distancia, le gritó:

—¡Injustamente me arrebatas lo que es mío!

El león se echó a reír y dijo:

—En efecto, tú lo has recibido justamente de un amigo.

Bandidos y salteadores insaciables que, tropezando con algún revés, disputan entre ellos, pueden reconocerse en esta fábula.

EL LOBO Y EL ASNO

Un lobo elegido rey de todos los lobos estableció unas leyes generales ordenando que lo que cada uno cogiese en la caza lo pusiera en común y lo repartiese equitativamente entre todos; de este modo ya no se vería más a los lobos devorarse unos a otros a causa del hambre. Pero en esto se adelantó un asno y, sacudiendo sus orejas, dijo:

—Hermosa idea le ha inspirado el corazón al lobo; pero ¿por qué has escondido tu botín de ayer en tu cueva? Llévalo a la comunidad y repártelo también.

El lobo, confundido, derogó sus leyes.

Aquellos que fingen legislar conforme a la justicia, empiezan por no cumplir las leyes que decretan y establecen.

EL LOBO Y EL PASTOR

Seguía un lobo tras un rebaño de carneros sin hacerles mal alguno. Al principio el pastor se guardaba de él como de un enemigo, observándolo temerosamente. Pero como el lobo le seguía sin el menor intento de robo, pensó el pastor que más que un enemigo en acecho tenía en él un guardián; teniendo necesidad de dirigirse a la ciudad, dejó sus carneros junto al lobo y se marchó. El lobo, viendo llegada la ocasión, lanzóse sobre el rebaño, devorándolo casi todo. Al volver el pastor y ver que había perdido el rebaño, exclamó:

—Bien me lo merezco; porque ¿quién me mandó confiar los carneros a un lobo?

Igual sucede con los hombres: cuando se confía un depósito a gentes codiciosas, es natural que se pierda.

EL LOBO HARTO Y LA OVEJA

Un lobo harto de comida vio una oveja tendida en el suelo. Comprendiendo que se había desplomado de terror, se acercó a la oveja y la tranquilizó, prometiéndole dejarla en libertad si le decía tres cosas verdaderas. Entonces la oveja empezó diciéndole que hubiera querido no encontrarle; después, que, como ya no podía ser, hubiera querido encontrarle ciego; por fin, exclamó:

—¡Ojalá, lobos malvados, pudierais morir todos de mala muerte, puesto que, sin haber sufrido mal alguno de nosotras, nos hacéis una guerra cruel!

Reconoció el lobo su veracidad y dejó marchar a la oveja.

Enseña esta fábula que a menudo la verdad produce efecto incluso en nuestros enemigos.

EL LOBO HERIDO Y LA OVEJA

Un lobo mordido y maltratado por unos perros, se dejó caer en tierra. Viéndose en la imposibilidad de procurarse comida, rogó a una oveja que pasaba que le llevara agua del cercano río.

—Si me traes de beber –le dijo–, yo mismo encontraré comida.

—Pero si te doy de beber –repuso la oveja–, yo misma pagaré los gastos de tu comida.

Alude esta fábula al malhechor que tiende hipócritas acechanzas.

LA LÁMPARA

Borracha de aceite una lámpara y lanzando una luz poderosa, jactábase de ser más brillante que el sol. Pero sopló una bocanada de viento y se apagó en seguida. Alguien volvió a encenderla y le dijo:

—Ilumina, lámpara, pero cállate: el resplandor de los astros nunca se eclipsa.

No nos debemos dejar cegar por el orgullo cuando disfrutamos de reputación o de honor, porque todo lo que se adquiere nos es extraño.

EL ADIVINO

Instalado en la plaza pública, un adivino se entregaba a su oficio. De repente se le acercó un quídam, anunciándole que las puertas de su casa estaban abiertas y que habían robado todo lo que había en su interior. Levantóse de un salto y corrió, desencajado y suspirando, para ver lo que había sucedido. Uno de los que allí se encontraban, viéndole correr, le dijo:

—Oye, amigo: tú que te picas de prever lo que ocurrirá a los otros, ¿por qué no has previsto lo que te sucede?

Podría aplicarse esta fábula a aquellos que gobiernan detestablemente su vida y pretenden dirigir los asuntos que no les interesan.

LAS ABEJAS Y ZEUS

Envidiosas las abejas a causa de la miel que les arrebataban los hombres, fueron en busca de Zeus y le suplicaron que les diera fuerza bastante para matar con las punzadas de su aguijón a los que se acercaran a sus panales. Zeus, indignado al verlas envidiosas, las condenó a perder su dardo cuantas veces hirieran a alguno y a morir después.

Puede aplicarse esta fábula a los envidiosos que consienten sufrir ellos mismos los males que causan.

EL APICULTOR

Un hombre se introdujo en casa de un apicultor durante su ausencia, robando miel y panales. A su regreso, el apicultor, viendo vacías las colmenas, se detuvo a examinarlas. En esto las abejas, volviendo de libar y encontrándole allí, le picaron con sus aguijones y le maltrataron horriblemente.

—¡Malditos bichos –les dijo el apicultor–, dejasteis marchar sin castigo al que os ha robado los panales, y a mí que os cuido me herís de un modo implacable!

Sucede con frecuencia que por ignorancia no desconfiamos de nuestros enemigos, pero rechazamos por sospechosos a nuestros amigos.

LOS SACERDOTES DE CIBELES

Unos sacerdotes de Cibeles tenían un asno al que cargaban con sus bultos cuando se ponían en viaje.[12] Un día muriósele el asno de fatiga y, desollándolo, hicieron con su piel unos tambores, de los cuales se sirvieron. Habiéndoles encontrado otros sacerdotes de Cibeles, les preguntaron que dónde estaba su asno.

—Muerto –les dijeron–; pero recibe más golpes que recibió en vida.

Así sucede muchas veces que los servidores, incluso libertados de la esclavitud, no quedan libres de la carga de la servidumbre.

---

[12] Recorrían los poblados viviendo de la mendicidad.

LOS RATONES Y LAS COMADREJAS

Hallábanse en guerra los ratones y las comadrejas. Los ratones, que siempre eran vencidos, se reunieron en asamblea, y pensando que era por la falta de jefes por lo que sufrían esos reveses, nombraron a varios estrategos, eligiéndolos a manos alzadas. Los generales recién elegidos, queriendo distinguirse de los simples soldados, forjáronse una especie de cuernos y se los sujetaron. Tuvo lugar una gran batalla, y el ejército de los ratones llevó las de perder. Entonces los soldados huyeron a sus agujeros, penetrando en ellos con facilidad, pero los generales, no pudiendo entrar a causa de sus cuernos, fueron apresados y devorados.

Con frecuencia la vanagloria es un motivo de desgracia.

LA MOSCA

Cayó una mosca en una olla llena de carne. A punto de ahogarse en la salsa, exclamó para sí misma:

—Comí, bebí y me bañé; puede venir la muerte, pues no me importa.

Enseña esta fábula que los hombres sufren alegremente la muerte cuando ésta se presenta sin dolores.

LAS MOSCAS

De un panal se derramó la rica miel, y las moscas acudieron volando para devorarla. Era un manjar tan dulce que no podían dejarlo. Pero sus patas se prendieron en la miel y no pudieron alzar vuelo; a punto ya de ahogarse, exclamaron:

—¡Morimos, desgraciadas, por un instante de placer!

La glotonería es a menudo la causa de muchos males.

LA HORMIGA

La hormiga actual era en otros tiempos un hombre que, consagrado a los trabajos de la agricultura, no se contentaba con el producto de su propio esfuerzo, mirando con envidia el producto ajeno y robando los frutos a sus vecinos. Indignado Zeus de la avaricia de este hombre, le transformó en ese animal que llamamos hormiga. Pero aunque cambió de forma no ha cambiado de carácter, pues incluso en nuestros días recorre los campos, recoge el trigo y la cebada ajenos y los guarda en reserva para su uso.

Enseña esta fábula que aunque se castigue severamente a los malvados por naturaleza, no por eso cambian de carácter.

EL ESCARABAJO Y LA HORMIGA

Llegado el estío, una hormiga que rondaba por los campos recogía los granos de trigo y cebada, guardándolos para alimentarse durante el invierno. La vio un escarabajo y se asombró de verla tan laboriosa en la época en que todos los animales, descuidando sus trabajos, se abandonan a la buena vida. Nada respondió la hormiga por el momento; pero más tarde, llegado el invierno, cuando la lluvia deshacía las boñigas, el escarabajo, hambriento, fue a pedirle a la hormiga una limosna de comida. Entonces le dijo la hormiga:

—Mira, escarabajo: si hubieras trabajado en la época en que yo lo hacía y tú te burlabas de mí, ahora no te faltaría alimento.

Asimismo los hombres que no se inquietan del futuro en los tiempos de abundancia, caen en la mayor miseria cuando aquéllos cambian.

LA PALOMA Y LA HORMIGA

Obligada por la sed, una hormiga descendió a un manantial y, arrastrada por la corriente, estaba ya a punto de ahogarse. Viéndola en este trance una paloma, desprendió una ramita de un árbol y la arrojó a la corriente; montó encima la hormiga y se salvó. En el entretanto, un cazador de pájaros se adelantó con su liga preparada para cazar a la paloma. Le vio la hormiga y le mordió en el talón, soltando el cazador con el dolor sus instrumentos; al ruido la paloma alzó el vuelo.

Enseña esta fábula que debemos pagar el bien a nuestros bienhechores.

EL RATÓN CAMPESTRE Y EL CORTESANO

Un ratón de los campos tenía por amigo a un ratón de corte y casa; éste, invitado por su amigo, fuese a comer a la campiña. Mas como aquél sólo podía ofrecerle trigo y yerbajos, el ratón cortesano le dijo:

—¿Sabes, amigo, que llevas una vida de hormiga? En cambio yo poseo bienes en abundancia; ven conmigo; a tu disposición los tienes.

Partieron ambos para la corte. Mostró el ratón de casa a su amigo trigo y legumbres, higos y queso, frutas y miel. Maravillado el ratón campero, bendecía a su amigo de todo corazón y renegaba de su mala suerte. Dispuestos ya a darse un festín, un hombre abrió de repente la puerta. Espantados por el ruido los dos ratones se lanzaron temerosos a los agujeros. Volvieron luego para coger unos higos secos, pero otra persona entró en la estancia y, al verla, los dos amigos se precipitaron nuevamente en una rendija para esconderse. Y entonces el ratón de los campos, olvidando su hambre, suspiró y dijo al ratón cortesano:

—Adiós, amigo; veo que comes hasta hartarte y que estás muy satisfecho; pero es al precio de mil peligros y temores. Yo, en cambio, soy un pobrete y vivo mordisqueando la cebada y el trigo, mas sin congojas ni temor hacia nadie.

Enseña esta fábula que más vale llevar una existencia plácida y humilde que nadar en las delicias a costa del miedo.

EL RATÓN Y LA RANA

Un ratón de tierra hízose amigo, para desgracia suya, de una rana. Ésta, obedeciendo a sus malvadas intenciones, ató la pata del ratón a su propia pata. Marcharon primero por tierra para comer el trigo, y luego se acercaron a la orilla del pantano. Entonces la rana, dando un salto, arrastró hasta el fondo al ratón, mientras ella retozaba en el agua lanzando sus conocidos gritos. El desdichado ratón, hinchado de agua, se ahogó, quedando a flote atado a la pata de la rana. Lo vio un milano que pasaba volando y lo apresó con sus garras, arrastrando también a la rana encadenada, que sirvió asimismo de comida al milano.

Hasta después de muertos cabe la venganza, porque la justicia divina tiene en todo su ojo y lleva en su balanza el castigo de cada falta.

EL NÁUFRAGO Y EL MAR

Arrojado un náufrago a la orilla, se durmió de fatiga; mas no tardó en despertarse, y al ver el mar, le recriminó por seducir a los hombres con su apariencia tranquila, para luego, una vez que los ha embarcado sobre sus aguas, enfurecerse y hacerles perecer.

Tomó el mar la forma de una mujer y le dijo:

—No es a mí sino a los vientos a quienes debes dirigir tus reproches, amigo mío; porque yo soy tal como me ves ahora, y son los vientos los que, lanzándose sobre mí de repente, me encrespan y enfurecen.

De igual manera no debemos hacer responsable de

una injusticia a su autor cuando obra por orden de otros, sino a aquellos que tienen autoridad sobre él.

LOS DOS MUCHACHOS Y EL CARNICERO

Hallábanse dos muchachos comprando carne en el mismo establecimiento. Viendo ocupado al carnicero en otro sitio, uno de los muchachos robó unos restos y los arrojó en el bolsillo del otro. Al volverse el carnicero y notar la falta de los trozos, acusó a los dos muchachos. Pero el que los había cogido juró que no los tenía, y el que los tenía juró que no los había cogido. Comprendiendo su argucia, díjoles el carnicero:

—Podéis escapar de mí por un falso juramento, pero no escaparéis ante los dioses.

Enseña esta fábula que la impiedad del falso juramento sigue siendo la misma por mucha habilidad que se ponga en disfrazarla.

EL CIERVO Y EL CERVATILLO

En cierta ocasión un cervatillo dijo al ciervo:

—Padre: eres mayor y más veloz que los perros y tienes además unos cuernos magníficos para defenderte; ¿por qué huyes delante de ellos?

El ciervo respondió riendo:

—Justo es lo que me dices, hijo mío; yo no sé lo que sucede, pero cuando oigo el ladrido de un perro, inmediatamente me doy a la fuga.

Enseña esta fábula que no hay exhortación que tranquilice a un ánimo naturalmente cobarde.

EL HIJO PRÓDIGO Y LA GOLONDRINA

Un hijo pródigo, habiendo derrochado su patrimonio, sólo poseía un manto. De repente vio a una golondrina que se había adelantado a la estación. Creyendo llegada la primavera y que ya no necesitaría el manto, fuese también a venderlo. Pero volvió el mal tiempo y la atmósfera púsose muy fría. Entonces, paseándose, el hijo pródigo halló a la golondrina muerta de frío.

—¡Desgraciada –dijo–, nos has perdido a los dos al mismo tiempo!

Enseña esta fábula que lo hecho a destiempo es azaroso.

EL ENFERMO Y EL MÉDICO

Habiéndole preguntado un médico a un enfermo por su estado, contestó el enfermo que había sudado más que de costumbre.

—Eso va bien –dijo el médico.

Interrogado una segunda vez sobre su salud, contestó el enfermo que temblaba y sentía fuertes escalofríos.

—Eso va bien –dijo el médico.

Vino a verle el médico por tercera vez y le preguntó por su enfermedad. Contestó el enfermo que había tenido diarrea.

—Eso va bien –dijo el médico, y se marchó.

Vino un pariente a ver al enfermo y le preguntó que cómo iba.

—Me muero –contestó– a fuerza de ir bien.

Así sucede a menudo: aquellos que nos rodean, juzgándonos por las apariencias, nos consideran felices por cosas que nos producen íntimamente el mayor dolor.

EL MURCIÉLAGO, EL ESPINO Y LA GAVIOTA

Se asociaron un murciélago, un espino y una gaviota para dedicarse juntos al comercio. El murciélago buscó dinero para aportarlo a la comunidad; el espino cogió unas telas, y el tercer socio, la gaviota, adquirió una cantidad de cobre; hecho lo cual aparejaron un barco. Pero surgió una tremenda borrasca, hundiéndose el navío y perdiéndose la carga; sólo salvaron sus personas. Por eso desde entonces la gaviota revolotea siempre al acecho en las orillas para ver si el mar arroja en alguna playa su cobre; el murciélago, huyendo de sus acreedores, no aparece de día y sólo sale de noche para buscar su comida; el espino, en fin, apresa las ropas de los viajeros queriendo reconocer su tela.

Enseña esta fábula que siempre volvemos a las cosas que nos interesan.

LOS MURCIÉLAGOS Y LAS COMADREJAS

Cayó un murciélago a tierra y fue apresado por una comadreja. Viéndose próximo a la muerte, imploró el murciélago por su vida. Díjole la comadreja que no podía soltarle porque era de nacimiento enemiga de todos los pájaros. El murciélago replicó que no era un pájaro, sino un ratón, y se libró merced a esta astucia. Algún tiempo después, cayó el murciélago por segunda vez y fue apresado por otra comadreja, suplicándole también que no lo devorara. Contestó la comadreja que odiaba a todos los ratones; el murciélago afirmó que no era un ratón sino un pájaro, y consiguió verse libre por segunda vez.

Enseña esta fábula que no debemos obstinarnos siempre en lo mismo, sino pensar que sujetándonos a las circunstancias se escapa frecuentemente al peligro.

LOS ÁRBOLES Y EL OLIVO

Decididos un día los árboles a elegir un rey que los gobernara, dijeron al olivo:

—Reina en nosotros.

Y el olivo contestó:

—¿Renunciar yo al líquido aceite que tanto aprecian en mí los dioses y los hombres, para ir a reinar entre los árboles?

Y los árboles dijeron a la higuera:

—Ven a reinar en nosotros.

Y la higuera respondió igualmente:

—¿Renunciar yo a la dulzura de mis frutos para ir a reinar entre los árboles?

Y los árboles dijeron al espino:

—Ven a reinar en nosotros.

Y el espino respondió a los árboles:

—¡Si en verdad queréis ungirme para reinar en vosotros, venid a poneros bajo mi amparo, o si no que surja el fuego de la espina y devore los cedros del Líbano!

EL LEÑADOR Y HERMES

Un hombre que al borde de un río cortaba leña, perdió su hacha. No sabiendo qué hacer, se sentó llorando a la orilla. Compadecido Hermes de su tristeza, se arrojó al río y volvió con un hacha de oro preguntándole si era ésa la que había perdido. Contestó el hombre que no era ésa, y Hermes se sumergió de nuevo, volviendo con una de plata. El leñador declaró que tampoco era la suya, y Hermes se sumergió por tercera vez en el río, volviendo con el hacha perdida. Entonces el hombre dijo que ésa era la que había perdido. Hermes, seducido por su honradez, le dio las tres. Al volver cerca de sus compañeros, contóles el leñador su aventura. Uno de ellos se propuso conseguir otro tanto. Dirigióse a la orilla del río y lanzó su hacha de propio intento en la corriente, sentóse luego a llorar. Entonces Hermes se le apareció también y, sabiendo el motivo de su llanto, se arrojó al río y le presentó igualmente un hacha de oro, preguntándole si era la que había perdido. El bribón, muy contento, exclamó:

—¡Sí, ésa es!

Pero el dios, horrorizado de su desvergüenza, no sólo se quedó con el hacha de oro, sino que tampoco le devolvió la suya.

Enseña esta fábula que la divinidad es tan favorable a los hombres honrados, como hostil a los bribones.

LOS VIANDANTES Y EL OSO

Marchaban dos amigos por el mismo camino. De repente, se les apareció un oso. Uno se subió rápidamente a un árbol, ocultándose en él; el otro, a punto de ser atrapado, se tiró al suelo, fingiéndose muerto. Acercó el oso su hocico, oliéndole por todas partes, pero el hombre contenía su respiración, porque se dice que el oso no toca a un cadáver. Cuando se hubo alejado el oso, el hombre escondido en el árbol bajó de éste y preguntó a su compañero qué le había dicho el oso al oído.

—Que no viaje en lo futuro con amigos que huyen ante el peligro –le respondió.

Enseña esta fábula que los verdaderos amigos se conocen en la prueba de la desgracia.

LOS VIANDANTES Y EL CUERVO

Viajaban unas gentes para cierto asunto, cuando encontraron a un cuervo que había perdido un ojo. Volvieron hacia el cuervo sus miradas, y uno de los viandantes aconsejó el regreso, pues en su opinión, eso quería decir el presagio. Pero otros de los caminantes tomó la palabra y dijo:

—¿Cómo podría este cuervo predecirnos el futuro si él mismo no ha podido prever, para evitarlo, la pérdida de su ojo?

De igual modo los hombres ciegos para su propio interés, mal indicados están para aconsejar a su prójimo.

LOS VIANDANTES Y EL HACHA

Caminaban dos hombres en compañía. Habiendo encontrado uno de ellos un hacha, el otro dijo:

—Hemos encontrado un hacha.

—No digas –repuso el primero– hemos encontrado, sino has encontrado.

Instantes después fueron alcanzados por el hombre que había perdido el hacha; y el que la llevaba, al verse perdido, dijo a su compañero:

—Estamos perdidos.

—No digas –replicó éste– estamos perdidos, sino: estoy perdido, porque cuando encontraste el hacha no me has admitido a parte en tu hallazgo.

Enseña esta fábula que cuando no participamos en los felices éxitos de un amigo, tampoco le permanecemos fieles en la desgracia.

LOS VIANDANTES Y EL PLÁTANO

En pleno estío, y al llegar al mediodía, dos viandantes, fatigados por el calor del sol, vieron un plátano y se refugiaron bajo sus ramas, tendiéndose a su sombra para descansar. Al levantar sus ojos hacia la copa del plátano, dijéronse uno al otro:

—¡Es un árbol estéril e inútil para el hombre!

Pero el plátano tomó la palabra:

—¡Ingratos! ¡Cuando estáis gozando de mi bondad, me llamáis inútil y estéril!

Lo mismo sucede entre los hombres: algunos tienen tan mala fortuna, que incluso cuando sirven a sus prójimos, no consiguen hacerles creer en su bondad.

LOS VIANDANTES Y LAS ZARZAS

Unos viandantes que caminaban a la orilla del mar, al llegar a un promontorio vieron flotando a lo lejos unas zarzas, tomándolas por un gran navío de guerra; pensando que iban a abordar, esperaron en la orilla. Mas según se acercaban las zarzas empujadas por el viento, creyeron ver, no un barco de guerra, sino una nave de carga. Llegadas aquéllas a la orilla, vieron que no eran más que unas zarzas, y entonces se dijeron entre sí:

—Necios hemos sido esperando una, cosa que no era nada.

Descubre esta fábula que muchos hombres que parecen temibles porque son desconocidos, en el primer contratiempo demuestran su nulidad.

EL CAMINANTE Y LA VERDAD

Un caminante que atravesaba un desierto encontró a una mujer solitaria, con la mirada clavada en el suelo.

—¿Quién eres? –le preguntó.

—La Verdad –contestó aquélla.

—¿Y por qué has abandonado la ciudad y vives en el desierto?

—Porque antiguamente la mentira sólo se encontraba en un pequeño número de hombres, y ahora se encuentra en todos, dígase lo que se quiera.

Cuando la mentira prevalece sobre la verdad, la vida es mala y penosa para los hombres.

EL CAMINANTE Y HERMES

Un caminante que tenía que hacer un largo recorrido, prometió si encontraba algo consagrar la mitad a Hermes. Sucedió que encontró un morral conteniendo dátiles y almendras. El hombre lo recogió creyendo que contenía dinero, y viendo lo que encerraba, se lo comió al instante; después, cogiendo las cáscaras de las almendras y los huesos de los dátiles, los colocó en un altar, diciendo:

—¡Oh Hermes, he cumplido mi promesa repartiendo contigo lo de dentro y lo de fuera de lo que he encontrado!

Se aplica esta fábula al avaro que por codicia engaña incluso a los dioses.

EL CAMINANTE Y LA FORTUNA

Un viandante que tenía que hacer un largo camino, hallándose molido de fatiga, se desplomó al borde de un pozo y se quedó dormido. Estaba a punto de caer dentro del pozo, cuando la Fortuna se acercó a él y, despertándole, le dijo:

—Oye, amigo, si hubieras caído no es a tu imprudencia, sino a mí a quien hubieras acusado.

Igualmente muchos hombres, caídos por su culpa en la desgracia, acusan de ella a los dioses.

LOS ASNOS RECLAMANDO A ZEUS

Cansados un día los asnos de tener que llevar siempre pesados fardos, sufriendo mil fatigas, enviaron unos diputados a Zeus para pedirle que pusiera fin a sus penalidades. Queriendo Zeus demostrarles que el propósito era imposible, díjoles que los libraría de su miseria cuando, meando, hubieran formado un río. Los asnos tomaron en serio esta respuesta, y desde entonces hasta nuestros días cuando ven en alguna parte orina de asno, se detienen en el mismo sitio para mear también.

Enseña esta fábula que nada puede cambiar nuestro destino.

EL HOMBRE COMPRADOR DE UN ASNO

Un hombre que se proponía comprar un asno, tomó éste a prueba y, llevándole entre los suyos, lo puso delante del pesebre. El asno, abandonando a los demás, fue a colocarse al lado del más glotón y perezoso. Viendo que no hacía nada, el hombre le echó un ramal al cuello y se lo devolvió a su propietario. Éste le preguntó si la prueba no había dado resultado; a lo que aquél repuso:

—No necesito ninguna otra prueba; tengo la seguridad de que es como el compañero que ha escogido.

Nos enseña esta fábula que se nos juzga semejantes a aquellos en cuya compañía nos complacemos.

EL ASNO SILVESTRE Y EL DOMÉSTICO

Un asno silvestre que vio a un asno doméstico en un lugar muy soleado, se acercó a él para felicitarle por su buen estado y por la abundante comida de que disfrutaba. Pero viéndole algo más tarde cargado con un fardo y seguido del arriero que le golpeaba con una vara, exclamó:

—¡Oh, amigo, ahora no te felicito, pues veo que sólo al precio de grandes males disfrutas de tu abundancia!

Nada hay de envidiable en aquellas ventajas que van acompañadas de peligros y sufrimientos.

EL ASNO QUE LLEVABA SAL

Un asno que llevaba una carga de sal cruzaba un río y, por haberse escurrido, se cayó al agua. La sal se disolvió y el asno se levantó más ligero, muy contento por el accidente.

En otra ocasión, al llegar a la orilla de otro río con una carga de esponjas pensó que dejándose caer nuevamente se levantaría otra vez más ligero, por lo que procuró de propio intento escurrirse. Pero ocurrió que como las esponjas chuparon el agua, no pudo levantarse y murió ahogado.

Del mismo modo, muchas veces los hombres no sospechan que son sus propias añagazas las que los precipitan en la desgracia.

EL ASNO Y LA ESTATUA DEL DIOS

Cargó un hombre a un asno con la estatua de un dios y lo condujo a la ciudad. Los viandantes se prosternaban al paso de la estatua, y el asno, imaginándose que era a él a quien adoraban, se infló de orgullo, por lo cual empezó a rebuznar y se negó a seguir adelante. El arriero, comprendiendo su pensamiento, le dijo al mismo tiempo que le sacudía con su vara:

—¡Mentecato! Sólo faltaba esto: ver a un asno adorado por los hombres.

Enseña esta fábula que aquellos que se envanecen con los privilegios ajenos se prestan a la burla de quienes los conocen.

EL ASNO CON LA PIEL DEL LEÓN

Un asno se disfrazó con la piel del león y recorría todo el país atemorizando a los animales. Distinguió un día a una zorra y quiso asustarla también. Pero la zorra, que precisamente había oído antes su voz, le dijo:

—¡Créemelo, también a mí me hubieras asustado si no te hubiera oído rebuznar!

Lo mismo sucede con las gentes sin educación, que parecen algo con su apariencia fastuosa, pero que se traicionan por su afán de hablar.

EL ASNO ENVIDIOSO DEL CABALLO

Consideraba el asno feliz al caballo viéndole a éste bien cuidado y bien comido, mientras que él ni tenía paja en abundancia ni descansaba de sus rudos trabajos. Pero llegaron los tiempos de guerra; el caballo tuvo que llevar a un caballero armado de pies a cabeza, que le espoleaba en todas direcciones y hasta le lanzó en medio de los enemigos, por lo que el animal murió atravesado a golpes. Viendo esto el asno cambió de opinión y lamentó la suerte del caballo.

Enseña esta fábula que no debemos envidiar la suerte de los jefes y los ricos, sino resignarnos a nuestra pobreza, pensando en la envidia y en los peligros que acechan a aquéllos.

EL ASNO, EL GALLO Y EL LEÓN

Se hallaba en una ocasión un gallo buscando su comida en compañía de un asno. Un león avanzó hacia el asno y el gallo lanzó un grito poniendo al león en fuga. (Dícese, en efecto, que el león teme el canto del gallo.) Pensando el asno que el león huía viéndole a él, no titubeó en perseguirlo. Cuando llegó a una distancia donde no se oía la voz del gallo, el león se volvió y lo devoró. Y el asno decía al morir:

—¡Necio y desgraciado! Si no desciendo de guerreros, ¿por qué he partido en son de guerra?

Enseña esta fábula que a menudo atacamos a un enemigo que se empequeñece a propio intento, cayendo así en sus garras.

EL ASNO, LA ZORRA Y EL LEÓN

Un asno y una zorra se asociaron para ir de caza. De pronto encontraron a un león en su camino. Viendo el peligro que les amenazaba, la zorra se aproximó al león y se comprometió a entregarle el asno si le prometía su seguridad. El león declaró que la dejaría marchar, y la zorra llevó al asno a una emboscada. Entonces el león, viendo que el asno no se le podía escapar, se apoderó primero de la zorra, volviéndose después al asno infeliz.

Del mismo modo, aquellos que preparan asechanzas a los que se asocian con ellos, a menudo se pierden inconscientemente con sus propias víctimas.

EL ASNO Y LAS RANAS

Un asno cargado de leña atravesaba un pantano. De pronto tropezó y cayó y, no pudiéndose levantar, empezó a gemir y a lamentarse de su suerte. Oyendo las ranas del pantano sus lamentos, le dijeron:

—Oye, amigo: ¿qué harías si tuvieras que estar

aquí tanto tiempo como nosotras, cuando, caído un momento, lanzas semejantes suspiros?

Podríamos aplicar esta fábula a un hombre afeminado que se impacienta por las menores incomodidades, cuando nosotros mismos soportamos con facilidad mayores males.

EL ASNO Y EL MULO CON LA MISMA CARGA

Caminaban juntos un asno y un mulo. Viendo el primero que la carga de los dos era igual, indignábase y se lamentaba de que el mulo, considerado digno de doble ración, no llevara más carga que él. Al ver el arriero, al cabo de un trecho de camino, que el asno no podía más, le quitó una parte de su carga, colocándosela al mulo. Habiendo recorrido otro trecho de camino y viendo el arriero al asno más extenuado todavía, le retiró otra parte de la carga, y al fin terminó por quitarle el resto, pasándolo todo al mulo. Entonces éste, volviendo los ojos hacia su camarada, le dijo:

—¿Qué dices ahora, amiguito? ¿No te parece justo que me honren con doble ración?

También nosotros no es por el principio, sino por el fin, por donde debemos juzgar la condición de cada uno.

EL ASNO Y EL JARDINERO

Estaba un asno al servicio de un jardinero. Como le daban de comer muy poco, aunque trabajaba mucho, rogó a Zeus que le librara del jardinero y le hiciese vender a otro amo. Zeus accedió a su súplica y le hizo vender a un cacharrero. De nuevo se sintió descontento, porque le cargaba demasiado y le hacía llevar el barro y los cacharros; por lo cual pidió una vez más cambiar de dueño, y fue vendido a un curtidor. Pero cayó en poder de un amo peor que los otros. Viendo el oficio de su nuevo dueño, dijo suspirando:

—¡Desdichado! ¡Más me hubiera valido permanecer con mis primeros amos, porque éste, por lo que veo, también curtirá mi piel!

Enseña esta fábula que los servidores no echan de menos a sus primeros señores hasta que han conocido a los siguientes.

EL ASNO, EL CUERVO Y EL LOBO

Un asno que tenía una llaga en el lomo se hallaba paciendo en un prado. Un cuervo se posó en su lomo y púsose a picotear en su herida. El asno, con el dolor, empezó a rebuznar y a brincar, y el arriero, que se hallaba a alguna distancia, rompió a reír. Un lobo que por allí pasaba le vio y se dijo para sí:

—¡Bien desgraciados somos los lobos! ¡Basta que nos echen el ojo encima, para que salgan a cazarnos; pero que se acerquen ésos (por los cuervos), y encima ríen sus gracias!

Pone de relieve esta fábula que a los malvados se los reconoce en su semblante y a la primera mirada.

EL ASNO Y EL PERRITO

Un hombre que tenía un perrito de Malta y un asno jugaba muy a menudo con el primero. Cuando comía fuera, le traía alguna golosina, y al acercarse el perrito meneando la cola, se la arrojaba. Celoso el asno de esta preferencia, se acercó también brincando y dio una coz a su amo. Enfurecido éste, mandó que le apalearan y le ataran al pesebre.

Enseña esta fábula que todos no han nacido para la misma cosa.

EL ASNO Y EL PERRO, COMPAÑEROS DE VIAJE

Viajaban juntos un asno y un perro. En esto encontraron por tierra una carta sellada. La recogió el asno, rompió el sello y empezó a leerla de manera que el perro pudiera oírle. Tratábase en ella de pastos, quiero decir, de heno, de cebada y de paja. El perro, bostezando durante la lectura del asno, le dijo:

—Salta unas líneas, querido, a ver si encuentras algo que hable de carne y de huesos.

Recorrió el asno toda la carta, sin encontrar nada de lo que el perro quería, y éste volvió a hacer uso de la palabra:

—¡Tira ese papel, querido, que no tiene ningún interés!

EL ASNO Y EL ARRIERO

Un asno conducido por un arriero, después de andar un trecho de camino, dejó la carretera y tomó por caminos escarpados. A punto de caer por un precipicio, el arriero, sujetándole por el rabo, intentó hacerle retroceder; pero como el asno tiraba en sentido inverso, el arriero le soltó y le dijo:

—¡Te cedo el triunfo! ¡Mala es la victoria que alcanzas!

Se aplica la fábula al obstinado.

EL ASNO Y LAS CIGARRAS

Oyendo un asno cantar a las cigarras, quedó entusiasmado de su voz armoniosa, envidiándoles su talento.

—¿Qué coméis –les preguntó– para tener una voz tan melodiosa?

—Rocío –respondieron las cigarras.

Púsose el asno a esperar el rocío, y murió de hambre.

Cuando tenemos deseos contrarios a la naturaleza, no sólo no conseguimos satisfacerlos, sino que, además, nos concitamos las mayores calamidades.

EL ASNO DISFRAZADO DE LEÓN

Un asno disfrazado con la piel de un león pasaba a los ojos de todos por un león verdadero, poniendo en fuga a los hombres y a los animales. Pero sopló el viento y le arrebató la piel del león, quedando el asno tal cual era. Entonces todo el mundo corrió contra él, castigándole con palos y estacas.

Si eres pobre y un ciudadano cualquiera, no imites a los ricos: te expones al peligro y al ridículo, pues no podemos apropiarnos lo que no nos pertenece.

EL ASNO, LOS CARDOS Y LA ZORRA

Mascaba un asno las cabezas punzantes de unos cardos y una zorra que le vio dirigióle estas palabras burlonas:

—¿Cómo puedes masticar y comer con una lengua tan tierna y carnosa un manjar tan exquisito?

Alude esta fábula a aquellos cuya lengua profiere palabras duras y peligrosas.

EL ASNO FINGIÉNDOSE COJO Y EL LOBO

Un asno que se encontraba pastando en un prado, viendo avanzar un lobo hacia él, fingió hallarse cojo. Se aproximó el lobo y le preguntó por qué cojeaba. Respondió el asno que al saltar una cerca se había clavado una espina, rogándole que se la arrancara primero, tras de lo cual podía devorarle tranquilamente, sin miedo a desgarrarse la boca masticando. Dejóse persuadir el lobo, y mientras levantaba la pata del asno, examinando atentamente su pie, recibió una coz que le arrancó todos los dientes. Y el lobo maltratado, dijo:

—Bien me lo merezco, porque, habiéndome enseñado mi padre el oficio de carnicero, ¿quién me manda ensayar la medicina?

Asimismo, los hombres que se aventuran en empresas fuera de su capacidad, se acarrean, naturalmente, grandes infortunios.

EL CAZADOR, LOS PICHONES SILVESTRES Y LOS DOMÉSTICOS

Un cazador de pájaros tendió sus redes, después de atar a ellas unos pichones domésticos; luego se alejó, observando a distancia lo que sucedía. Unos pichones silvestres se aproximaron a los cautivos, cayendo ellos mismos en la red. Acudió el cazador y se apoderó de ellos. Y cuando los pichones silvestres recriminaban a los caseros porque, siendo de la misma raza, no los habían advertido de la red, los segundos respondieron:

—¡Tenemos más interés en guardarnos del enojo de nuestros amos que en complacer a nuestros parientes!

Igual sucede con los servidores: no hay que recriminarles cuando, por fidelidad a sus señores, faltan a las leyes de la amistad hacia sus propios parientes.

EL CAZADOR Y LA ALONDRA

Se hallaba un cazador tendiendo lazos a los pájaros; una alondra moñuda le vio desde lejos y le preguntó qué estaba haciendo. Contestó el cazador que estaba fundando una ciudad; luego se alejó y se escondió. Fiada la alondra en las palabras del cazador, se acercó y quedó apresada en uno de los lazos. Corrió el cazador, y la alondra le dijo:

—¡Si todas las ciudades que fundas son como ésta, no encontrarás muchos habitantes para ellas!

Nos hace ver esta fábula que cuando los hombres huyen de las ciudades y de las casas, es porque los dueños son muy molestos.

EL CAZADOR Y LA CIGÜEÑA

Un cazador que había preparado unos lazos para las grullas, vigilaba su caza desde lejos. Entre las grullas se posó también una cigüeña, y el cazador acudió y la cogió entre ellas. Suplicábale la cigüeña que la soltara, diciendo que lejos de perjudicar a los hombres era incluso muy útil para ellos, porque cazaba y devoraba las culebras y otros reptiles, y el cazador repuso:

—Si no eres en verdad un ser malvado, merecías, en todo caso, un castigo por haberte reunido con los malvados.

También nosotros debemos huir la sociedad de los malvados, para que no se nos considere como cómplices de su maldad.

EL CAZADOR Y LA PERDIZ

En casa de un cazador se presentó a deshora un huésped. No teniendo aquél otra cosa que ofrecerle, se dirigió hacia su perdiz doméstica, y ya se disponía a matarla cuando el animal le reprochó su ingratitud:

—¿No te soy más útil llamando a los pájaros de mi especie y entregándotelos?

—Razón de más para inmolarte, puesto que no perdonas ni a los tuyos.

Enseña esta fábula que aquellos que traicionan a sus parientes no sólo son odiosos a sus víctimas, sino incluso a aquellos a quienes se las entregan.

LA GALLINA Y LA GOLONDRINA

Encontró una gallina unos huevos de serpiente y púsose a empollarlos cuidadosamente; una vez que los hubo calentado, rompió el cascarón. Una golondrina que la había observado le dijo:

—¡Necia! ¿Por qué crías a unos seres que cuando sean grandes empezarán por ti misma la carrera de sus fechorías?

La perversidad no se deja domesticar ni aun a fuerza de bondades.

LA GALLINA DE LOS HUEVOS DE ORO

Poseía un hombre una hermosa gallina que le ponía huevos de oro. Creyendo que el animal tenía en el vientre una masa de oro, la mató y la encontró igual que todas las gallinas. Creyó descubrir la riqueza de una sola vez, y se vio privado incluso del pequeño tesoro que tenía.

Enseña esta fábula que debemos contentarnos con lo que tenemos y evitar la codicia insaciable.

LA COLA Y EL CUERPO DE LA SERPIENTE

La cola de la serpiente tuvo un día la ocurrencia de dirigir y marchar la primera. Los otros órganos le dijeron:

—¿Cómo vas a conducirnos, si no tienes ojos ni nariz como los demás animales?

Mas no consiguieron convencerla, y tuvo que ceder el buen sentido. Púsose, pues, la cola a mandar y dirigir, arrastrando a ciegas todo el cuerpo, hasta que, al fin, cayó en un agujero lleno de guijarros, donde la serpiente se desgarró el torso y el cuerpo entero. Entonces la cola se dirigió suplicante y adulona a la cabeza:

—¡Dígnate salvarnos, señora, ya que he tenido la osadía de luchar contra ti!

Confunde esta fábula a los hombres astutos y malintencionados que se sublevan contra sus superiores.

LA SERPIENTE, LA COMADREJA Y LOS RATONES

Una serpiente y una comadreja trabaron mortal combate dentro de una casa. Los ratones de la vivienda, devorados siempre por la una o por la otra, al verlas luchar entre sí, salieron tranquilamente de sus agujeros. A la vista de los ratones, los combatientes renunciaron a su lucha y se volvieron contra aquéllos.

Así sucede en los Estados: las gentes que se dejan arrastrar a las disputas de los demagogos, son víctimas sin quererlo de los dos partidos.

LA SERPIENTE Y EL CANGREJO

Habitaban juntos en el mismo lugar una serpiente y un cangrejo. El cangrejo se conducía con la serpiente con toda franqueza y cordialidad; pero la serpiente era perversa y disimulada. El cangrejo la exhortaba sin cesar a portarse con él rectamente. Indignado contra ella, observó un momento en que la serpiente dormía, la cogió por el cuello y la mató. Al verla rígida en el suelo, exclamó el cangrejo:

—¡Amiga! ¡No es ahora que estás muerta cuando debías ser recta, sino cuando yo te lo pedía, y así no hubieras hallado la muerte!

Podría contarse muy bien esta fábula a propósito de aquellos que en vida son unos malvados con sus amigos y, en cambio, los benefician después de su muerte.

LA SERPIENTE PISOTEADA

Una serpiente a la que los hombres pisaban a menudo, fue a quejarse a Zeus. Y Zeus le dijo:

—Si hubieras castigado al primero que te pisó, el segundo no hubiera intentado hacerlo.

Enseña esta fábula que los que hacen frente a los primeros que los atacan, se hacen temer de los otros.

EL NIÑO QUE COMIÓ LAS ENTRAÑAS

Unos pastores que sacrificaban una cabra en el campo, invitaron a sus vecinos. Encontrábase entre éstos una pobre mujer que llevó a su hijo con ella. Ya adelantado el festín, el niño, con el estómago cargado de carne, sintiéndose mal, exclamó:

—¡Madre, voy a echar mis entrañas!

—No, las tuyas no, hijo mío –dijo la madre–, sino las que has comido.

Se dirige esta fábula al deudor, dispuesto siempre a coger el bien del prójimo, pero que cuando se lo vienen a reclamar, lo siente tanto como si pagara con su propio dinero.

EL NIÑO Y EL ESCORPIÓN

Un niño se dedicaba a cazar saltamontes delante del muro de la ciudad. Después de apresar cierto número, vio un escorpión y, tomándole por un saltamontes, iba a cogerlo en el hueco de la mano, cuando el escorpión, preparando su dardo, le dijo:

—¡Ojalá lo hubieras hecho! Hubieras perdido al mismo tiempo los saltamontes que has cogido.

Nos enseña esta fábula que no hay que conducirse del mismo modo con los buenos y con los malos.

EL NIÑO Y EL CUERVO

Una mujer preguntó a los adivinos sobre el futuro de su hijo de corta edad. Los agoreros le predijeron que sería matado por un cuervo. Espantada por este augurio, mandó construir un arca de gran tamaño, encerrando en ella a su hijito para que no lo matara un cuervo. Todos los días, a hora fija, abría el arca y daba al niño de comer. Pero un día que había abierto el arca y ya iba a cerrar la tapa, asomó el niño imprudentemente la cabeza, y la argolla[13] de la tapa, cayendo encima de su cabeza, lo mató.

EL HIJO Y EL LEÓN PINTADO

Un anciano tímido tenía un hijo único intrépido y apasionado por la caza; el viejo, en su sueño, le vio morir en las garras de un león. Temiendo que el sueño fuese verdad y se realizara, mandó construir una habitación alta y magnífica y encerró en ella a su hijo. Para distraerle, había hecho pintar animales de toda especie, entre los cuales figuraba también un león. Pero la vista de todas estas pinturas no hacía más que aumentar la irritación del joven. Un día se acercó al león y le gritó:

---

[13] Descansa la fábula en un juego de palabras: el vocablo griego *korax* significa al mismo tiempo cuervo y argolla. De ahí el sentido de la fábula: el *korax* (cuervo) mataría al niño, y el *korax* (argolla) lo mató en efecto.

—¡Maldito animal! Por culpa tuya y del sueño mentiroso de mi padre, estoy encerrado en esta cárcel femenina. ¿Cómo te podría castigar?

Y diciendo esto, asestó un puñetazo a la pared para hundir el ojo del león. Entonces una astilla se le clavó bajo la uña, causándole un dolor agudo y produciéndole una inflamación que acabó en un tumor. Detrás vino la fiebre, y el joven no tardó en morir. El león, aun siendo pintado, mató al joven, a pesar de la inútil precaución del padre.

Enseña esta fábula que debemos aceptar con valor la suerte que nos espera y no tratar de burlarla, pues no podemos escapar a ella.

EL NIÑO LADRÓN Y SU MADRE

Un niño robó en la escuela las tablillas de un compañero y se las llevó a su madre, la cual, en lugar de corregirle, lo aprobó. Otra vez robó un manto y se lo llevó; la madre lo aprobó también. Desde entonces, según crecía en años, convirtiéndose en un joven, se dedicó a robos más importantes. Pero un día fue sorprendido en el momento de robar, y, atándole las manos a la espalda, le llevaban al verdugo. Su madre le acompañaba, golpeándose el pecho. El ladrón declaró que quería decirle una cosa al oído. Se acercó su madre a él, y de un mordisco el hijo le arrancó el lóbulo de la oreja. Reprochóle la madre su impiedad: ¡no contento con los crímenes que había cometido, acababa de mutilar a su propia madre! A lo que el hijo respondió:

—Si la primera vez que te llevé la tableta que robé en la escuela me hubieras castigado, hoy no me llevarían a la muerte.

Enseña esta fábula que lo que no se reprime desde el principio, crece y se ensancha.

UN NIÑO BAÑÁNDOSE

Un niño que cierto día se bañaba en un río, se vio en peligro de morir ahogado. Divisando a un caminante, le pidió socorro. El caminante le reprochó su temeridad.

—¡Mira –replicó el muchacho–, sálvame primero y hazme después los reproches!

Se dirige esta fábula a aquellos que dan motivos contra ellos mismos para maltratarlos.

EL DEPOSITARIO Y EL JURAMENTO

Un hombre que había recibido un depósito de un amigo pensaba en el modo de quitárselo. Pero como este amigo le mandó llamar para pedirle que prestara juramento, partió para el campo, lleno de inquietud. Al llegar a las puertas de la ciudad, vio a un cojo que también salía y le preguntó quién era y adónde iba. Respondió que era el juramento y que marchaba contra los impíos. Aquél le hizo una segunda pregunta:

—¿Cada cuánto tiempo tienes la costumbre de volver a las ciudades?

—Al cabo de cuarenta y algunas veces de treinta años –contestó.

El hombre, en vista de esto, juró al día siguiente sin vacilar que no había recibido tal depósito. Pero volvió a encontrarse con el juramento, que le cogió para arrojarle a un precipicio. El hombre le recriminó:

—Ayer me dijiste que no volvías sino al cabo de treinta años, y no me has concedido ni un día de respiro.

—Cuando me quieren provocar, acostumbro volver el mismo día –replicó el juramento.

Enseña esta fábula que los dioses no tienen día fijo para castigar a los impíos.

EL PADRE Y LAS HIJAS

Un hombre que tenía dos hijas dio una en matrimonio a un jardinero, y otra a un alfarero. Al cabo de algún tiempo fue a ver a la mujer del jardinero y le preguntó cómo iba y en qué estado se encontraban sus asuntos. Respondió la hija que todo marchaba bien y que sólo una cosa tenía que pedir a los dioses: una tormenta y lluvia para regar las legumbres. Pocos días después fue a ver a la mujer del alfarero y le preguntó que cómo se encontraba. Respondió la hija que no le faltaba nada y que sólo tenía un deseo: que el tiempo siguiera claro y que brillara el sol para secar los cacharros.

—Si tú pides buen tiempo y tu hermana malo –dijo el padre–, ¿con cuál de las dos me quedo para rogar a los dioses?

Del mismo modo, si emprendemos al mismo tiempo dos asuntos contrarios, los estropearemos naturalmente los dos.

EL HOMBRE Y LA PERDIZ

Un hombre que había cazado una perdiz se disponía a matarla, cuando ésta le suplicó en estos términos:

—¡Déjame vivir, y yo te ayudaré a cazar muchas perdices!

—Razón de más para matarte –replicó el hombre–, puesto que quieres coger en la trampa a tus compañeras y amigas.

Enseña esta fábula que el hombre que imagina engaños contra sus amigos, caerá él mismo en el peligro y en las asechanzas.

LA PALOMA SEDIENTA

Obligada una paloma por la sed, y viendo un ánfora pintada en un cuadro, creyó que era un ánfora verdadera; abatiéndose con mucho ruido, chocó imprudentemente contra el cuadro y se rompió las puntas de las alas, por lo que cayó a tierra y fue hecha prisionera por uno que allí se encontraba.

Del mismo modo, ciertos hombres, arrastrados por la violencia de sus pasiones, se embarcan irreflexivamente en aventuras, corriendo sin sospecharlo hacia su pérdida.

LA PALOMA Y LA CORNEJA

Una paloma criada en un palomar se jactaba de ser fecunda. Oyó una corneja sus alabanzas, y le dijo:

—¡No te alabes tanto, amiga, pues cuantos más hijos tengas, mayor será tu esclavitud!

Sucede lo mismo con los siervos: los más desgraciados son aquellos que tienen mayor número de hijos en la servidumbre.

LAS DOS BOLSAS

En otro tiempo, Prometeo, después de formar a los hombres, les colgó dos bolsas en el cuello; una, encerrando los defectos ajenos, y otra, los propios. Puso sobre el pecho la primera, suspendiendo la otra por la espalda. De aquí proviene que los hombres vean los defectos ajenos y no distingan los propios.

EL MONO Y LOS PESCADORES

Encaramóse un mono a un árbol elevado, y viendo a unos pescadores arrojar la red en un río, púsose a observar lo que hacían. En un momento dado, los pescadores, dejando allí la red, se retiraron a cierta distancia para tomar su almuerzo. Y entonces el mono, bajando de su árbol, trató de hacer lo mismo que ellos, pues dícese que este animal posee el instinto de imitación. Pero lo hizo de tal manera, que quedó cogido en la red, viéndose en peligro de morir ahogado. Y entonces se dijo:

—Tengo lo que me merezco: ¿por qué he querido pescar sin haber aprendido?

Enseña esta fábula que cuando emprendemos asuntos que no conocemos, no solamente no ganamos nada, sino que salimos perjudicados.

EL DELFÍN Y EL MONO

Hay la costumbre, viajando por mar, de llevar consigo perritos de Malta y monos para distraerse durante la travesía. Un hombre que navegaba llevaba con él un mono. Al llegar a Sunion, promontorio del Ática, se desató una violenta borrasca. Se hundió el navío, y todo el mundo se salvó a nado, el mono como los demás. Vio un delfín al mono y, tomándole por un hombre, se deslizó bajo él y sosteniéndole le llevó a tierra firme. Según llegaban al Pireo, puerto de Atenas, preguntó al mono si era ateniense. Respondió el mono que sí lo era y que incluso tenía en Atenas parientes ilustres; le preguntó el delfín si también conocía el Pireo, y el mono, creyendo que le preguntaba por un hombre, le dijo que sí y que era incluso uno de sus más íntimos amigos. Indignado por tal mentira, cogió el delfín al mono, y, arrojándole al agua, le ahogó.

Se refiere esta fábula a los hombres que, sin conocer la verdad, creen poder engañar a los otros.

EL MONO Y EL CAMELLO

En una reunión de animales se levantó el mono y se puso a bailar; fue muy bien acogido y aplaudido por todos los concurrentes. Envidioso de su éxito, quiso un camello ganar los mismos aplausos. También se levantó y trató de bailar, pero hizo tales extravagancias, que los animales, indignados, le arrojaron a palos de la reunión.

Conviene esta fábula a aquellos que por envidia quieren rivalizar con otros mejores que ellos.

LOS HIJOS DE LA MONA

Dícese que las monas paren a la vez dos hijos; a uno lo cuidan y alimentan con cariño; en cuanto al otro, lo odian y lo abandonan. Ahora bien: acontece que por una fatalidad divina el pequeñuelo a quien su madre cría complaciente, apretándole con fuerza en sus brazos, muere ahogado por ella, y aquel a quien su madre abandona, llega a perfecta madurez.

Enseña esta fábula que la Fortuna puede más que todas nuestras previsiones.

LOS NAUTAS

Se embarcaron unas gentes en una nave y surcaron las aguas. Cuando se hallaban en alta mar, estalló una violenta tempestad y el barco estuvo a punto de irse a pique. Uno de los navegantes, desgarrando sus vestidos, invocaba a los dioses de su país con lágrimas y sollozos, prometiéndoles ofrendas en acción de gracias si se salvaba el navío. Cesó la tempestad y volvió la calma; los navegantes empezaron a bailar y a saltar como gentes que acaban de escapar de un peligro inesperado. Entonces el piloto, espíritu sereno, dijo a los nautas:

—Alegrémonos, amigos, como unos hombres que acaso vuelvan a ver la tempestad.

La fábula enseña que no debemos envanecernos demasiado de los éxitos, pensando más bien en la inconstancia de la Fortuna.

EL RICO Y EL CURTIDOR

Un ricachón fue a vivir al lado de un curtidor. No pudiendo sufrir el mal olor de las pieles, le apremiaba a cada paso para que se mudara. El curtidor le despachaba siempre prometiéndole mudarse en breves días. Como la discusión se reanudaba sin cesar, sucedió a la larga que el ricachón se acostumbró al olor y dejó de importunar al curtidor.

Enseña esta fábula que el hábito suaviza los desagrados.

EL RICO Y LAS PLAÑIDERAS

Un ricachón tenía dos hijas. Habiéndosele muerto una de ellas, alquiló a unas plañideras. La otra hija dijo a su madre:

—¡Somos unas desdichadas! Es a nosotras a quienes nos afecta el duelo y no sabemos lamentarnos, mientras que esas mujeres, que nos son extrañas, se golpean el pecho y lloran con tanta violencia.

La madre le respondió:

—No te extrañe, hija, que esas mujeres se lamenten con tanto ahínco: es que lo hacen por dinero.

Igualmente muchos hombres, empujados por el interés, no vacilan en traficar con las desdichas ajenas.

EL PASTOR Y EL MAR

Un pastor que llevaba a pacer su rebaño a la orilla del mar, viendo la calma de las olas se decidió a navegar para dedicarse al comercio. Vendió para ello sus carneros, compró dátiles y se dio a la vela. Pero surgió una terrible tempestad, y, viendo al barco a punto de hundirse, arrojó al mar su carga y a duras penas se salvó con el barco vacío. Bastante tiempo después acertó a pasar un hombre y se quedó admirado de la calma del mar, que, en efecto, en ese momento estaba muy tranquilo. Nuestro pastor tomó entonces la palabra y le dijo:

—¡Ay, amigo; parece que todavía tiene ganas de dátiles: por eso se muestra tan tranquilo!

Enseña esta fábula que los accidentes sirven de lección a los hombres.

EL PASTOR Y EL PERRO

Un pastor que poseía un perro de regular tamaño tenía la costumbre de arrojarle los corderillos que nacían muertos y los carneros que acababan de morir. Un día que el rebaño permaneció en el corral, vio el pastor a su perro acercarse a las ovejas y acariciarlas.

—¡Eh, amigo, no te basta con los hijos y vienes por las madres!

Se aplica esta fábula a los adulones.

EL PASTOR Y LOS LOBEZNOS

Encontró un pastor unos lobeznos y los crió con mucho cuidado, con la esperanza de que cuando fueran grandes no sólo le guardarían sus propios corderos, sino que, además, raptarían otros y se los llevarían. Pero tan pronto como crecieron lo bastante, aprovecharon una ocasión en que no tenían nada que temer y empezaron por devastar su mismo rebaño. Cuando el pastor se dio cuenta del desastre, exclamó sollozando:

—¡Me lo he merecido! ¿Por qué salvé, siendo unas crías, a unos animales a quienes hay que matar aunque sean pequeños?

Salvar a los malvados es darles, a pesar nuestro, unas fuerzas que empezarán por emplear contra nosotros mismos.

EL LOBO CRIADO ENTRE LOS PERROS

Un pastor encontró un lobezno recién nacido y lo crió entre sus perros. Cuando ya estuvo crecido, si un lobo raptaba un cordero le daba caza en compañía de los perros. Si los perros no podían alcanzar al lobo y se volvían, él sí lo seguía hasta darle alcance y conseguir, como lobo, su parte en la presa. Si un lobo no robaba un cordero del corral, entonces él mismo mataba uno a escondidas y lo devoraba con los perros. Pero al fin el pastor adivinó lo que pasaba y ahorcó al lobo en un árbol.

Enseña esta fábula que una naturaleza malvada no puede dar un carácter honrado.

EL PASTOR Y EL LOBEZNO

Un pastor encontró un lobatillo y lo crió; luego, hecho ya un lobezno, le enseñó a robar los corderos de los rebaños vecinos. Lobo ya y amaestrado, dijo al pastor:

—Me has enseñado a robar; pues guárdate ahora no te falten muchos corderos.

Aquellos a quienes la Naturaleza ha hecho temibles, una vez enseñados a la rapiña y al robo frecuentemente han hecho mayor mal a sus maestros que a los extraños.

EL PASTOR Y SUS CARNEROS

—Habiendo conducido un pastor su rebaño a un robledal, divisó un roble corpulento cargado de bellotas, y, extendiendo su manto por tierra, subió a las ramas y sacudió los frutos.

En esto los carneros, al tiempo que comían las bellotas, comiéronle también el manto por descuido. Cuando bajó el pastor y vio la cosa, exclamó:

—¡Malditos animales! ¡Dais a los demás la lana para que se vistan, y a mí, que os doy de comer, me dejáis desnudo!

Hay asimismo muchos hombres que favorecen neciamente a otros que nada significan para ellos y con los más próximos a ellos se conducen ruinmente.

EL PASTOR, EL LOBO Y EL PERRO

Al encerrar un pastor sus carneros, iba también a encerrar con ellos un lobo entre aquéllos mezclado, si su perro, advertido de ello, no le hubiera dicho:

—Si tanto miras por la vida de tus carneros, ¿cómo dejas entrar a ese lobo entre ellos?

La sociedad de los malvados basta a causar los mayores males e incluso la muerte.

EL PASTOR BROMISTA

Un pastor que llevaba su rebaño bastante lejos de la aldea se entregaba a menudo a la siguiente broma: Gritando que los lobos atacaban su rebaño, llamaba a los habitantes de la aldea en su socorro. Dos o tres veces los cándidos vecinos, asustados, salieron precipitadamente en su socorro, volviendo defraudados. Pero sucedió al fin que los lobos se presentaron realmente. Mientras éstos devastaban el rebaño, el pastor se desgañitaba llamando a los de la aldea en su socorro; pero éstos, creyendo que se trataba de una broma como de costumbre, no le hicieron caso alguno. Y así perdió el pastor sus carneros.

Enseña esta fábula que los embusteros sólo consiguen una cosa: que nadie los crea ni aun cuando digan la verdad.

EL DIOS DE LA GUERRA Y LA VIOLENCIA

Habiendo decidido los dioses casarse, tomó cada uno la mujer que le cupo en suerte. El dios de la guerra quedó para el último sorteo, cuando ya no quedaba más que la Violencia. Pero se enamoró locamente de ella y con ella se casó. He aquí por qué le acompaña dondequiera se presenta.

EL RÍO Y LA PIEL

Viendo un río una piel de buey que sus aguas arrastraban, le preguntó su nombre.

—Me llamo Dura –contestó la piel.

Entonces el río, precipitando la corriente contra ella, le dijo:

—Busca otro nombre, pues no tardaré en volverte blanda.

A menudo los audaces y orgullosos quedan aplanados por los contratiempos de la vida.

LA OVEJA TRASQUILADA

Una oveja a la que estaban esquilando torpemente, dijo al que la trasquilaba:

—Si es mi lana lo que quieres, corta más alto; pero si es mi carne, mátame de una vez y no me tortures poco a poco.

Se aplica esta fábula a los inexpertos en su oficio.

PROMETEO Y LOS HOMBRES

Prometeo, por orden de Zeus, modeló los hombres y los animales. Pero Zeus, observando que los animales eran mucho más numerosos, le mandó que hiciera desaparecer cierto número de animales, transformándolos en hombres. Prometeo ejecutó esta orden. De aquí proviene que aquellos que no han recibido la forma humana desde el principio, tienen, sí, figura de hombre, pero alma de animales.

Se aplica la fábula a los hombres bestiales y violentos.

LA ROSA Y EL AMARANTO

Un amaranto que había crecido al lado de una rosa le dijo a ésta:

—¡Cuán bella eres! Agradas a los dioses y a los hombres; te felicito por tu belleza y por tu aroma.

—Vivo muy pocos días, amaranto –respondió la

rosa–; y si no me cogen, me marchito; pero tú siempre estás florido y siempre eres joven.

Más vale durar contentándose con poco, que vivir en el lujo algún tiempo, para sufrir después un cambio de suerte o quizá la muerte.

EL GRANADO, EL MANZANO, EL OLIVO Y EL ESPINO

Discutían el granado, el manzano y el olivo sobre la calidad de sus frutos. Como la discusión se animaba, un espino que los escuchaba desde el cercado vecino les dijo:

—¡Amigos, dejemos ya de disputar!

Del mismo modo, cuando los mejores ciudadanos se hallan divididos, los badulaques tratan de darse importancia.

LA TROMPETA

Una trompeta que llamaba al combate cayó en poder del enemigo.

—¡No me matéis, compañeros, a la ligera y sin motivo –gritaba–, porque yo tampoco he matado a ninguno de vosotros y, fuera de este cobre, no poseo nada!

—Razón de más para que mueras –le respondieron–, puesto que, no pudiendo hacer tú misma la guerra, excitas a los demás al combate.

Enseña esta fábula que los más culpables son aquellos que excitan al mal a los príncipes crueles y perversos.

EL TOPO Y SU MADRE

Un topo, que es un animal ciego, decía a su madre que veía con claridad. La madre le dio un grano de incienso para probarle y le preguntó qué era.

—Una piedra –dijo el topo.

—Hijo mío –repuso la madre–, no sólo estás privado de la vista, sino que has perdido también el olfato.

De igual manera ciertos fanfarrones prometen lo imposible, y en los casos más sencillos quedan convictos de superchería.

EL JABALÍ Y LA ZORRA

Apostado al pie de un árbol, un jabalí afilaba sus colmillos. Una zorra le preguntó por qué motivo, cuando ni los cazadores ni los peligros le perseguían, afilaba sus colmillos.

—No lo hago inútilmente –respondió el jabalí–, pues si el peligro me sorprende, entonces no tendré tiempo de afilarlos, y en cambio los encontraré dispuestos para cumplir su oficio.

Enseña esta fábula que no debemos esperar el peligro para preparar nuestra defensa.

EL JABALÍ, EL CABALLO Y EL CAZADOR

El jabalí y el caballo compartían para pastar el mismo prado. Pero como el jabalí destruía a cada momento la hierba y enturbiaba el agua, el caballo, queriendo vengarse de él, recurrió a la ayuda de un cazador. Éste declaró que no le podía prestar ayuda si no consentía ponerse un freno y llevarle montado sobre su lomo; el caballo aceptó todas sus exigencias. Entonces el cazador, montado en él, venció al jabalí y, llevándose al caballo, lo sujetó al pesebre.

Así se ve a muchos hombres que, aguijoneados por una furia insensata, queriendo vengarse de sus enemigos se precipitan bajo el yugo de otros.

LA MARRANA Y LA PERRA

La marrana y la perra estaban enzarzadas en un combate de injurias. Juraba la marrana por Afrodita que destrozaría a la perra a dentelladas. Ésta le contestó irónicamente:

—¡Sí que puedes tú jurar por Afrodita! ¡Parece que te ama con toda su ternura, cuando se niega a admitir en su templo al que ha comido de tu carne impura!

—Esto mismo es una prueba más de que la diosa me protege, puesto que rechaza en absoluto al que me mata o me maltrata. Pero tú hueles mal, lo mismo viva que muerta.

Esta fábula demuestra que los oradores expertos saben convertir hábilmente en elogios las injurias de sus enemigos.

LAS AVISPAS, LAS PERDICES Y EL LABRADOR

Una nube de avispas y perdices, obligadas por la sed, fueron en busca de un labrador, prometiéndole, a cambio de un poco de agua, prestarle varios servicios: las perdices labrando la viña, las avispas vigilando para ahuyentar a los ladrones con su aguijón; pero el labrador contestó:

—Tengo dos bueyes que me lo hacen todo sin prometer nada; más vale que les dé el agua a ellos que a vosotras.

Se dirige esta fábula a los hombres desalmados que prometen servicios pero causan grandes perjuicios.

LA AVISPA Y LA SERPIENTE

En cierta ocasión una avispa se posó en la cabeza de una serpiente, atormentándola y picándola con su aguijón sin descanso. La serpiente, loca de dolor, no pudiendo vengarse de su enemiga, metió la cabeza bajo la rueda de un carro y murió de este modo en compañía de la avispa.

Esta fábula muestra que ciertos hombres no retroceden ni aun a la idea de morir con sus enemigos.

EL TORO Y LAS CABRAS MONTESES

Un toro perseguido por un león se refugió en una cueva donde se hallaban unas cabras monteses. Acometido y corneado por éstas, les dijo:

—¡Si aguanto vuestros golpes no es por miedo a vosotras, sino por miedo al que está a la puerta de la cueva!

Sucede que a menudo el temor de otro más fuerte nos hace sufrir las ofensas de uno más débil que nosotros.

EL PAVO REAL Y LA GRULLA

Se burlaba el pavo real de la grulla, ridiculizando su color.

—Yo –decía– estoy vestido de oro y de púrpura; tú, nada bello llevas en tus alas.

—Pero yo –replicó la grulla–, canto junto a los astros y me elevo a las alturas del cielo, mientras que tú, como los gallos, marchas por el suelo y vives con las gallinas.

Vale más ser ilustre bajo un ropaje pobre que vivir sin gloria pavoneándose con la riqueza.

EL PAVO REAL Y LA CORNEJA

Discutían los pájaros sobre la elección de rey. El pavo real pretendió ser nombrado rey, a causa de su belleza, y ya se disponían las aves a votar por él cuando la corneja exclamó:

—Pero si tú eres el rey y el águila nos persigue, ¿qué ayuda podemos esperar de ti?

Enseña esta fábula que no debemos censurar a aquellos que, previendo los futuros peligros, toman a tiempo sus precauciones.

LA CIGARRA Y LA ZORRA

Cantaba una cigarra en un árbol elevado. Una zorra que deseaba devorarla imaginó la siguiente treta. Colocándose enfrente de ella, alabó su hermosa voz y la invitó a bajar del árbol; quería ver de cerca, dijo, a un animal que tenía esa voz. Oliéndose la trampa, la cigarra arrancó una hoja y la dejó caer al suelo. Corrió la zorra creyendo que era la cigarra.

—Te has equivocado, comadre –dijo la cantora–, pensando que bajaría; desconfío de las zorras desde que vi en las fauces de una de ellas las alas de una cigarra.

Las desdichas del vecino enseñan la sensatez a los hombres inteligentes.

LA CIGARRA Y LAS HORMIGAS

Había llegado el invierno; las hormigas ponían a secar el grano mojado. Una cigarra hambrienta les pidió un poco de comida. Mas las hormigas le dijeron:

—¿Por qué no recogías tú también en el verano provisiones?

—No tenía tiempo –respondió la cigarra–, por estar cantando melodiosamente.

Las hormigas se le rieron en sus propias narices:

—¡Pues si cantabas en verano, baila en invierno!

Enseña esta fábula que debemos desechar en todos los asuntos la negligencia si queremos evitar el peligro y el sufrimiento.

LA PARED Y EL CLAVO

Perforada brutalmente por un clavo, una pared gritaba:

—¿Por qué me agujereas si no te hice mal ninguno?

—No soy yo –repuso el clavo–, quien te hace sufrir, sino el que me golpea violentamente por la espalda.

EL ARQUERO Y EL LEÓN

Un hábil arquero subió a las montañas para cazar. Huyeron todos los animales menos el león, que provocó a combate al arquero. Éste le lanzó una flecha y, habiéndole alcanzado, le dijo:

—Éste es mi mensaje; detrás iré yo mismo.

El león, herido, huyó; pero una zorra le gritó que tuviese confianza y no huyera.

—No me convencerás –le respondió el león–, porque si me manda un mensaje tan amargo, ¿qué haré cuando venga él mismo?

Es al principio cuando hay que considerar el fin y asegurar desde entonces nuestra salvación.

EL CHIVO Y LA VIÑA

En la época en que la viña retoña de nuevo, un chivo se entretenía en masticar los verdes brotes. La viña le dijo:

—¿Por qué me haces daño? ¿No tienes hierba

verde? No por lo que me haces dejaré de dar todo el vino necesario cuando a ti te sacrifiquen.

Confunde esta fábula a los ingratos que roban a sus amigos.

LAS HIENAS

Dícese que las hienas cambian todos los años de sexo, convirtiéndose ora en machos, ora en hembras. Sucedió que un día una hiena macho adoptó respecto de otra hembra una postura contra natura. A lo que ésta repuso:

—¡Piensa, compañera, que si esto haces conmigo, no tardarás en sufrir igual trato!

Es lo mismo que podría decirle a un magistrado con cargo el que debe sucederle si hubiere de sufrir por parte suya alguna ofensa.

LA HIENA Y LA ZORRA

Dícese que las hienas mudan todos los años de sexo, siendo alternativamente machos o hembras. En cierta ocasión, una hiena, al ver a una zorra, le recriminó que la rechazara, cuando ella quería ser su amiga.

—No es a mí a quien debes acusarme –repuso la zorra–, sino a tu naturaleza, causante de que yo ignore si tendré en ti una amiga o un amigo.

LA MARRANA Y LA PERRA SOBRE SU FECUNDIDAD

Disputaban la marrana y la perra sobre su fecundidad respectiva. Pretendía la perra que era la única entre todos los cuadrúpedos que tenía partos breves.

—¡Reconoce al menos –repuso la marrana– que sólo pares crías ciegas!

Muestra esta fábula que una obra se juzga no por la rapidez, sino por la perfección.

EL CABALLERO CALVO

Un hombre que disimulaba su calva con una peluca, caminaba a caballo. Empezó a soplar el viento, arrancándole su falsa cabellera, y los testigos de la escena rompieron en carcajadas. Entonces el caballero, deteniendo su montura, les dijo:

—¿Qué tiene de particular que me abandonen unos cabellos que no son míos, cuando antes han abandonado a su verdadero dueño, en cuya cabeza les hizo nacer Natura?

No debemos afligirnos ante los sucesos de nuestra vida, pues mal podremos guardar lo que no procede de la Naturaleza desde su nacimiento.

EL AVARO

Un avaro, convirtiendo en oro toda su fortuna, fundió con el metal un lingote y lo enterró en cierto lugar, enterrando allí al mismo tiempo su corazón y su espíritu. Todos los días se dirigía a ver su tesoro. En esto le observó un hombre, adivinó su suplicio y, desenterrando el lingote, se lo llevó. Cuando poco después volvió el avaro y halló el escondrijo vacío, púsose a llorar y a arrancarse los cabellos. Un quídam que le vio lamentarse de tal suerte, después de informarse de su motivo, le dijo:

—No te desesperes así, hombre, porque, al fin y al cabo, aunque tenías oro, no lo poseías. Coge una piedra, escóndela donde estaba el oro y figúrate que es oro; la piedra servirá para ti como si fuera el oro mismo, pues, a lo que veo, incluso cuando el oro estaba allí no utilizabas para nada tu riqueza.

Muestra esta fábula que nada es la posesión sin el usufructo.

EL HERRERO Y SU PERRO

Un herrero tenía un perro. Cuando el herrero forjaba, el perro dormía; pero cuando se ponía a comer, el perro se presentaba. Arrojóle el herrero un hueso, y le dijo:

—¡Desdichado animal, siempre dormido! ¡Cuando golpeo el yunque, duermes; pero cuando muevo las mandíbulas, despiertas en seguida!

Los vagos y perezosos que viven a costa del trabajo de otros se reconocerán en esta fábula.

EL INVIERNO Y LA PRIMAVERA

En cierta ocasión, el Invierno se burló de la Primavera, abrumándola de reproches. En cuanto ella aparecía, nada permanecía tranquilo. Unos se dirigían a los prados o a los bosques, entreteniéndose en coger flores, lirios y rosas, contemplándolos y colocándoselos en los cabellos; otros se embarcaban y hasta atravesaban el mar para ir a ver a otros hombres; en fin, nadie se cuidaba ya de los vientos ni de las tormentas.

—Yo soy –añadió el Invierno–, como un rey absoluto. Quiero que nadie alce los ojos hacia el cielo, sino que los baje hacia la tierra, y obligo a los hombres a temblar y a temer, resignándose muchas veces a permanecer en su casa el día entero.

—Por eso sienten los hombres tan gran placer librándose de tu presencia. En cuanto a mí, hasta el nombre les parece hermoso, el más hermoso, ¡voto a Zeus!, de todos los nombres. Y cuando desaparezco, conservan mi recuerdo, recibiéndome llenos de alegría cuando vuelvo.

LA GOLONDRINA Y LA SERPIENTE

Hizo una golondrina su nido en el edificio de un tribunal, y, habiendo salido, una serpiente subió rampando para devorar sus crías. Al volver la golondrina y ver su nido vacío, púsose a sollozar vencida por el dolor. Otra golondrina, para consolarla, díjole que no era la única que había tenido la desgracia de perder a sus pequeñuelos.

—¡Ah –respondió la golondrina–, no me duele tanto haber perdido a mis hijos como ser víctima de un crimen en el mismo sitio donde las víctimas de las violencias encuentran auxilio!

Enseña esta fábula que muchas veces los infortunios son tanto más penosos de sufrir si vienen de aquellos de quienes menos los esperábamos.

LA GOLONDRINA Y LA CORNEJA

Discutían la golondrina y la corneja sobre su belleza respectiva. Ante las razones de la golondrina, la corneja replicó:

—Tu belleza sólo florece durante la primavera, mientras que yo tengo un cuerpo que desafía incluso al invierno.

Enseña esta fábula que vale más alargar nuestra vida que ser hermosos.

LA GOLONDRINA Y LOS PÁJAROS

Cuando el muérdago empezó a florecer, la golondrina, comprendiendo el peligro que amenazaba a todos los pájaros, los reunió y les aconsejó, ante todo, arrancar el muérdago de los robles donde crece, y, de ser esto imposible, refugiarse en las casas de los hombres, suplicándoles que no emplearan los efectos del muérdago[14] para cazar a los pá-

---

[14] Los cazadores de pájaros emplean, y empleaban, como liga el lí-

jaros. Pero éstos se burlaron de ella, tratándola de charlatana. Entonces la golondrina se dirigió a los hombres, presentándose como suplicante y pidiéndoles asilo. A causa de su inteligencia, los hombres la recibieron como huésped y le dieron un sitio en sus moradas, mientras a los demás pájaros les daban caza y se los comían. Sólo la golondrina, protegida por los hombres, anida desde entonces sin temor en sus casas.

Enseña esta fábula que cuando prevemos el fruto, podemos escapar a los peligros.

LA GOLONDRINA PRESUMIDA Y LA CORNEJA

Decía la golondrina a la corneja:

—¡Soy virgen, y ateniense, y princesa, y, además, hija del rey de Atenas! —y contó cómo Tereo la había violentado, cortándole la lengua.[15]

La corneja repuso:

—¿Qué sería si aún tuvieras la lengua, cuando, habiéndola perdido, te alabas tanto?

A fuerza de mentir, los vanidosos dan testimonio contra ellos mismos.

---

quido viscoso de las bayas del muérdago; esto explica el argumento de la fábula.

[15] Tereo, rey legendario de Tracia.

EL ÁGUILA Y LA TORTUGA

Pidió a un águila una tortuga que la enseñara a volar. Hízole ver el águila que no estaba hecha para volar; a pesar de esto, la tortuga insistió en su ruego. Entonces el águila la apresó con sus garras, la elevó en el aire y luego la soltó; la tortuga cayó sobre unas peñas, aplastándose en el acto.

Enseña esta fábula que, frecuentemente, cuando queremos rivalizar con otros a despecho de los consejos más prudentes, nos perjudicamos a nosotros mismos.

LA LIEBRE Y LA TORTUGA

Discutían la liebre y la tortuga sobre cuál de las dos era más veloz. Fijaron, pues, un día y un lugar para la prueba y se separaron. La liebre, confiando en su veloz carrera, no se dio prisa en partir, y acostándose al borde del camino se quedó dormida. Pero la tortuga, consciente de su lentitud, no dejó de correr desde el primer instante, con lo que ganando gran ventaja sobre la liebre dormida, llegó a la meta y ganó el premio.

Esta fábula nos enseña que a menudo el trabajo vence a los dones naturales si a éstos se los descuida.

LOS GANSOS Y LAS GRULLAS

Picoteaban juntos gansos y grullas en la misma pradera. Vinieron unos cazadores, y las grullas, ligeras, alzaron el vuelo; pero los gansos, lentos por la torpeza de sus cuerpos, cayeron en sus manos.

Sucede lo propio entre los hombres: cuando la guerra se abate sobre una ciudad, los pobres se trasladan y huyen fácilmente de un país a otro, conservando su libertad; pero los ricos, retenidos por el peso excesivo de sus riquezas, a menudo son hechos esclavos.

LAS JARRAS

Arrastraba la corriente de un río una jarra de cobre y otra jarra de barro. Ésta dijo a su compañera:

—Nada lejos de mí y no a mi lado, porque si me tocas saltaré en pedazos, aunque me roce contigo sin quererlo.

No es segura la vida de un pobre que tiene a un príncipe rapaz por vecino.

EL LORO Y LA GATA

Un hombre compró un loro y lo dejó suelto en su casa. El loro, que estaba domesticado, se encaramó al hogar y empezó a parlotear alegremente. Vióle una gata y le preguntó quién era y de dónde venía. El loro contestó:

—Acaba de comprarme el amo.

—¿Y te atreves, animal entre todos desvergonzado; te atreves –replicó la gata–, a lanzar esos gritos recién llegado, mientras que a mí, que he nacido en la casa, los dueños me prohiben maullar, y si tal sucede me arrojan por la puerta?

—Ve de paseo, hermosa; no hay parangón entre los dos; mi voz no irrita, a los amos, como la tuya.

Sirve esta fábula para los críticos de mala fe, dispuestos siempre a censurar a los demás.

EL ATLETA Y LA PULGA

En cierta ocasión una pulga se posó de un salto en un dedo del pie de un atleta que se hallaba enfermo, y, sin dejar de dar saltitos, le picó con disimulo. Enfadado el atleta, prepaba ya sus uñas para aplastarla, cuando la pulga dio otro salto, uno de esos saltos a que está acostumbrada, y evitó la muerte con su fuga. Entonces el atleta, lanzando un suspiro, dijo:

—¡Oh, Hércules! Si así me socorres contra una pulga, ¿qué ayuda puedo esperar de ti contra mis adversarios?

Esta fábula nos enseña que no debemos invocar a los dioses a cada instante a causa de inofensivas bagatelas, sino cuando tengamos necesidades más apremiantes.

LA PULGA Y EL HOMBRE

En una ocasión una pulga molestaba sin cesar a un hombre. Éste la atrapó y le dijo:

—¿Quién eres tú, que engordas a costa de mi sangre, picándome a tontas y a locas?

—Es nuestra manera de vivir; no me mates –respondió la pulga–; poco es el daño que puedo hacerte.

El hombre, echándose a reír, replicó:

—Pues vas a morir al instante, y de mi propia mano, porque cualquiera que sea el mal, grande o pequeño, hay que impedir a toda costa que se produzca.

Esta fábula enseña que no debemos sentir piedad de un malvado, sea débil o fuerte.

LA PULGA Y EL BUEY

Cierto día la pulga hacía al buey esta pregunta:

—¿Qué te ha dado el hombre para que, fuerte y valiente como eres, le sirvas todos los días? Yo, en cambio, desgarro sin piedad su carne y bebo su sangre a boca llena.

El buey respondió:

—Estoy agradecido a la raza de los hombres, porque éstos me quieren y me cuidan, frotándome a menudo la frente y las espaldas.

—¡Ay, amigo –insistió la pulga–, ese frotamiento que tanto te agrada es para mí la mayor de las desdichas, cuando por azar me cogen entre sus manos!

Los presuntuosos se dejan confundir incluso por un simple.